Pedro Lenz • Die schöne Fanny

Pedro Lenz

Die schöne Fanny

Roman

Aus dem Schweizerdeutschen
von Raphael Urweider

KEIN & ABER
POCKET

Ebenfalls von Pedro Lenz:
Der Goalie bin ich

Die Originalausgabe erschien 2016 unter dem Titel
Di schöni Fanny, Copyright © 2016 by Cosmos Verlag, Muri bei Bern
www.cosmosverlag.ch

Coverbild: Ausschnitt des Gemäldes *Auf dem Platz 2* © by Edward B. Gordon, courtesy of the artist, www.gordon.de
Satz: Fotosatz Amann, Memmingen
Druck und Bindung: CPI books GmbH, Leck
ISBN 978-3-0369-5998-6
Auch als eBook erhältlich

www.keinundaber.ch

1

Weshalb ich genau an diesem Tag, genau um diese Zeit, genau bei Louis klingelte, möchte ich manchmal gerne selber wissen.

Auf jeden Fall tat ich es. Hätte ich damals all das gewusst, was ich heute weiß, hätte ich es möglicherweise bleiben lassen. Nun ja, hätte, würde, könnte … Kann man sagen im Nachhinein. Hätte, hätte, Fahrradkette … Entschuldigung fürs Abschweifen. Bin wegen »hätte« draufgekommen. Hätte, hätte, hätte, nützt mir jetzt so viel wie ein alter Hut. Und Fahrrad fahre ich schon gar nicht. Ich war damals dort, wo ich meistens rumschleiche, in Olten, Jurasüdfuss, Mittelland, Unterland, Hochnebelland, Eisenbahnerland, Postindustrieland, Aggloland, Zwischenland, Heimatland. Montagabend nach sechs, hinten in der Von-Roll-Straße, klingelte ich bei Louis.

Gut. So fing das an. Ich klingelte. Wartete. Klingelte erneut. Wartete weiter. Wollte schon aufgeben. Und in dem Moment kommt diese Frau zur Tür raus. Es war, als hätte jemand irgendwo ein Licht angeknipst. Ich musste einen Schritt zurücktreten, damit es mich nicht zu sehr blendete. Ohne Quatsch. So eine Frau war mir in meinem Leben noch nie begegnet, und ganz sicher nicht in Olten. Ich glaubte zu träumen. Auch wenn es solche Träume gar nicht gibt. Sie schaute mich kurz an, sagte »Sorry« und ging an mir vorbei Richtung Bahnhof.

Wahrscheinlich steht mein Mund noch immer offen, als Louis endlich an die Tür kommt, in einer Hand ein Tuch, in der anderen ein paar Pinsel, zwischen den Zähnen eine krumme Zigarre.

Jackpot! Was machst du hier, an einem Montag?

Nichts. Wollte bloß mal fragen, was bei dir so läuft. Machst du einen Kaffee?

Klar. Natürlich. Komm hoch. Erzähl, erzähl.

Ich gehe hinter Louis ein paar Schritte die Treppe hoch. Seine Lunge rauscht und pfeift wie ein Teekocher, wenn das Wasser siedet. Aber die Zigarre nimmt er trotzdem nicht aus dem Mund. Rauchen kann ihr ungeborenes Kind töten. Sag das mal Louis. Über ungeborene Kinder hat er noch nie groß nachgedacht. Er raucht, seit er denken kann, und führt mich nun in sein Atelier, nicht zum ersten Mal. Keine großen Gesten. Keine Fanfaren. Nur ein Scharnier, das einen Tropfen Öl brauchen könnte, und ein Raum voller Papier, Leinwände, Bleistifte und Farben.

Warte, ich mach Platz. Schau, setz dich hier aufs Sofa, sagt er.

Ich strecke die Nase in die Luft.

Riech mal, Louis, riech. Riechst du es auch? In diesem Atelier riecht es nach einer schönen nackten Frau.

Louis hustet nur, während er ein paar Blätter in eine Pappmappe legt und diese an die Wand lehnt.

Weißt du was, Jackpot? Das mit der nackten Frau sagst du jedes Mal, wenn du hier reinkommst. Dabei habe ich eben erst gelüftet. Aber wer weiß, vielleicht stimmts ja. Naked women and beer. We got it all in here.

Hank Williams Junior.

Bravo, Jackpot! Der ists, ganz genau der. Hank Williams Junior himself, sagt Louis und macht Kaffee auf dem Campinggasherd, der nur zu diesem Zweck im Atelier steht. Dann scheucht er mit einer Zeitung die Katze vom Sessel.

Putz dich, blödes Viech!

Die Katze protestiert, aber das interessiert im Moment keine Sau.

Jetzt nimmt Louis, zum ersten Mal seit ich da bin, die krumme Zigarre aus dem Mund und legt sie auf einen flachen Porzellanteller. Sieht schön aus, wie das Räuchlein fadengerade hochsteigt.

Also, leg los, sagt er zu mir und stellt zwei Tassen und Zucker auf einen Salontisch neben dem Sofa.

Doch ich sage noch nichts, tue erst so, als hätte ich ewig Zeit. Schaue mir Skizzen an, die überall herumliegen, nehme eine Gipsfigur in die Hand, die auf einem Tisch steht, halte sie gegen das Licht, als hätte ich irgendwann im Leben irgendwas von Gipsfiguren verstanden. Dann gehe ich etwas auf und ab. Und als ich das Gefühl hab, ich hätte lange genug gewartet, sage ich:

Weißt du was, ich habe den roten Faden gefunden. Ich weiß jetzt haargenau, wie der Roman werden soll.

Dann mache ich eine Pause, eine rhetorische Pause, wie Fachleute sagen würden, eine schön pointierte Kunstpause, gut gesetzt. Ich will sehen, wie Louis reagiert. Hab aber das Gefühl, er reagiert gar nicht. Er steht einfach bei der Gasflamme und wartet auf den Moment, in dem der Kaffee in den oberen Teil der Kanne hinaufkocht. Er ist ganz bei der Kaffeekanne und sonst nirgends. Ich versuche, irgendetwas aus diesem verlebten Gesicht zu lesen, sehe ihn aber nur von der Seite und im Schatten. So kann ich wenig herauslesen.

Sagst du nichts, Louis?

Was soll ich sagen? Erzähl doch erst mal von diesem roten Faden.

Also, hör zu. Es geht um ein paar Freunde, genauer gesagt drei. Sie verbringen viel Zeit miteinander. Sie kennen sich gut, und wenn es sein muss, sind sie füreinander da. Meistens haben sie keine oder fast keine Kohle. Doch das stört sie nicht, sie kennen nichts anderes. Sie wetten oft, sind Teil einer Wettgesellschaft. Sportwetten. Alles einigermaßen legal. Unter anderem sind sie an einem Wettzirkel in Deutschland beteiligt, der von Kroatien aus organisiert wird. Hohe Einsätze und so. Am Anfang läuft es ganz und gar nicht. Die Freunde warten auf die ganz große Glückssträhne. Und später, als sie die Hoffnung schon fast aufgegeben haben, geschiehts! Eine unverhoffte Anhäufung unwahrscheinlicher Resultate in der englischen Premier League, unglaubliche Quoten, riechst du's? Und wer hatte die Nase dafür? Wer hat alles vorhergesehen und darauf gewettet, dass am gleichen Spieltag fast alle großen Mannschaften verlieren und fast alle kleinen gewinnen? Wer hat es vorhergesehen? Die drei Helden des Romans, die ewigen Verlierer, die, welche den Glauben ans Glück nie aufgegeben haben!

Louis unterbricht mich und sagt fast gelangweilt:

Ich seh schon, ich seh schon, es wird ziemlich autobiografisch.

Was denn sonst?

Du musst mehr Fantasie reinbringen, Jackpot! Mehr Fiktion. Musst dich lösen von dir selbst. Sonst wird das wieder nichts.

Warum sagst du das? Meine Literatur lebt von der Wirklichkeit. Ich hab was gegen Fantasie. Fantasie wird überschätzt. Fantasie ist für die, die nicht hinschauen wollen, was wirklich ist. Schau doch bei dir selbst. Du malst ja auch die Realität.

Ja, aber ich verwandle sie. Das hab ich dir doch schon oft erklärt. Die Realität an sich ist nicht genug. Kunst muss die Realität verwandeln, Jackpot, sonst braucht es sie nicht.

Ich blicke einen Moment zu Boden, als müsste ich über etwas nachdenken, doch eigentlich studier ich schon längst an was anderem herum.

Sag mal, Louis, wer war eigentlich die junge Frau, die vorhin das Haus verlassen hat?

Fanny. Warum fragst du? Hat sie dir gefallen?

Hab nicht so genau darauf geachtet.

Hättest du aber tun müssen. Hättest sie studieren müssen. Sie ist wie der Himmel im Winter. Augen wie ein Kälbchen, und dann diese Ausstrahlung, dass einem Glatzkopf die Haare zu Berge stehen. Das glaubst du mir kaum, aber ich habe noch nie eine so schöne Frau gemalt, jedenfalls nicht in den letzten zwanzig Jahren. Ehrenwort. Die hat alles, die Fanny, die hat Grazie, Tiefgang, Humor, die hat etwas Geheimnisvolles, die hat Wärme, Stil …

Style, meinst du.

Nein, Stil. Das ist nicht dasselbe!

Heutzutage sagt man zu Stil Style. Kannst du mir glauben, Louis. Stil sagt schon lange keiner mehr.

Weil eben fast niemand mehr Stil hat. Fast niemand

außer Fanny! Die hat mehr als Stil. Die hat alles, was innere und äußere Schönheit ausmacht. Fanny spielt in einer Liga für sich. Verstehst du?

Darf ich mal schauen?

Was willst du schauen?

Na, wie du sie gemalt hast.

Bin noch nicht so weit, habe nur mal ein paar Skizzen gemacht. Du weißt doch, dass ich nicht gerne Bilder zeige, die noch nicht fertig sind.

Ich hätte Louis gerne noch weiter über diese Fanny ausgefragt. Doch gleichzeitig wollte ich nicht, dass er bemerkt, wie sehr sie mich beeindruckt hat. Also hab ich ein wenig um den Brei herumgequasselt und gefragt, ob es eigentlich schwierig sei, Modelle zu finden, die was hergeben.

Louis' Zigarre brennt nicht mehr. Er zündet sie noch einmal an und sagt dann, jedes Modell gibt etwas her. Man muss nur herausfinden, was und wie man es umsetzen kann. Verstehst du, wie ich meine? Das ist die Kunst an der Kunst, glaub mir das, die Kunst ist das Herausfinden und das Umsetzen. Viele können etwas herausfinden und viele können etwas umsetzen, aber nur die wenigsten können beides.

Bei der von vorhin musst du aber nicht wahnsinnig viel rausfinden. Da siehst du auch mit geschlossenen Augen und im Dunkeln, dass sie was hat.

Du hast sie also doch studiert!, sagt Louis.

Sag, was ist sie für eine?

Sie hat diesen Zauber, den nur die wenigsten haben. Ich meine gleichzeitig Zauber und Natürlichkeit. Sie kommt aus Zofingen, studiert Kunst in Bern und ist immer ganz bei sich. Viel mehr kann ich dir auch nicht sagen.

Verdammt, Louis, hast du nicht mit ihr geredet? Könntest doch wenigstens herausgefunden haben, wo sie sich so rumtreibt. Mir ist sie jedenfalls bis eben noch nie über den Weg gelaufen.

Ich hab sie gemalt, nicht ausgefragt, sagt Louis und lächelt ein wenig, aber nur mit den Augen.

Wenn er ausnahmsweise mal nichts sagen will, dann sagt er auch nichts. Und am Tonfall, wie er gesagt hat, er habe sie nur gemalt und nicht ausgefragt, höre ich raus, dass der Alte nichts Näheres erzählen will. Deshalb wechsle ich das Thema und frage, wann genau er jetzt also diese Ausstellung habe und ob ich was helfen könne.

Ich hab dir doch eine Einladung geschickt, hast du sie nicht erhalten? Die Vernissage ist am Samstag in einer Woche.

Deshalb frage ich ja, ob du Hilfe benötigst. Ich hätte Zeit.

Und ich hab gemeint, du hättest den Faden bei deinem Roman gefunden. Dann wäre es doch besser, diesen Flow auszunutzen und jetzt endlich mal zu schreiben.

Keine Angst, ich schreibe, ich schreibe jeden Tag. Aber ich kann dir trotzdem helfen.

Ja klar, warum nicht?

Wir trinken Kaffee, sehr langsam, beinahe tröpfchenweise. Er ist gut, ein guter Kaffee. »Kaffee, seit 1925 Kernkompetenz der Migros«, steht auf der Packung. Und Louis erzählt noch ein bisschen von der Ausstellung. Der Typ vom *Tagblatt*, der von der Kultur, hält eine Ansprache. Und Geri spielt vorher und nachher Jazz, einfache Sachen, nicht zu viel, denn die Leute kommen ja an eine Vernissage, um Bilder anzuschauen, und nicht, um Musik zu hören. Und außerdem gibt es sicher genug Prosecco, weil gewisse Leute eher Bilder kaufen, wenn sie in diese alkoholbedingte Großzügigkeit hineingeraten.

Zugegebenermaßen, Louis versteht sein Handwerk in allen Facetten. Auch in finanzieller Hinsicht. Ob er nun ein guter oder sehr guter oder halbguter Maler ist, kann ich nicht beurteilen. Was ich auf jeden Fall weiß, Louis liebt Farben und Erotik. Natürlich ist damit noch nicht gesagt, was er als Maler draufhat. Klar ist jedenfalls, dass er weiß, wem und wie er seine Bilder verkaufen kann.

Louis, erzähl mir bitte noch einmal das mit der Kundschaft.

Was mit der Kundschaft?

Das, was du mir kürzlich erzählt hast, an welche

Kundschaft man als Künstler gelangen muss und wie man das macht.

Weshalb soll ich dir das erzählen? Hast ja selbst gesagt, ich hätte es dir eben erst erzählt, wahrscheinlich sogar schon mehr als einmal.

Ich höre gerne mehr als einmal dasselbe. Bin das Gegenteil von den wohl meisten Leuten, die immer sagen, das und das hab ich schon mal gehört, oder das und das hast du mir schon mal erzählt, du musst es mir nicht noch mal erzählen. Wenn mir jemand eine Geschichte erzählt, und ich merke, ich kenne sie schon, freue ich mich fast noch mehr.

Wieso das denn?

Ich weiß es auch nicht genau. Einfach so. Ich höre am liebsten Dinge, die ich schon mal gehört habe. Es langweilt mich nie. Und die, die sagen, zweimal dieselbe Geschichte sei langweilig, sind oft selbst die größten Langweiler. Achte mal darauf. Es ist wirklich so. Die, die Wiederholungen nicht ertragen, sind auch die, die nie richtig hinschauen. Deshalb gibt es kaum etwas, das sie im Kopf abgespeichert haben. Schau dir die Welt an. Sie ist voller Wiederholungen. Entweder es freut dich oder du leidest darunter.

Louis denkt einen Moment lang darüber nach. Das ist wohl nicht ganz falsch, sagt er. Die Welt ist zyklisch. Die Wiederholung solltest du nie unterschätzen, die kommt immer wieder.

Darum heißt sie ja auch Wiederholung, weil sie wieder und wieder kommt. Weil man sie immer wieder holen kann oder sie sich selbst immer wieder holt.

Voilà, ein weises Wort. Bravo, Jackpot. Und jetzt willst du also das über die Kundschaft noch mal hören?

Genau das. Bitte schön.

Eben, man muss an die gelangen, die zwar viel Kohle, aber trotzdem noch einen Rest Menschlichkeit haben. Das linke Bürgertum, das ist meine Zielgruppe, empfindsame Seelen mit stabilem Einkommen, zum Beispiel Museumsleiter, Mittelschullehrer, Architekten, Ärzte, Yogalehrerinnen, Psychologen, wohlhabende Aussteiger oder sozial eingestellte Juristen.

Du hast die erfolgreichen Werber vergessen.

Die hab ich nicht vergessen, Werber habe ich einfach mitgemeint.

Und was ist sonst noch wichtig?

Was meinst du jetzt?

Du hast mal gesagt, dass man der potenziellen Kundschaft nie das Gefühl geben dürfe, man sei einer von ihnen. Also keine Anbiederung bei der Kundschaft. Man dürfe nicht dieselben Hobbys haben wie die Kundschaft, nicht dieselben Kleider tragen, nicht die gleiche Lebensart haben. Wer ein Bild kaufe, wolle das Exotische, wolle, dass der Künstler einen ungesunden Eindruck mache, komplizierte Frauengeschichten habe, spät in die Falle gehe, immer genug saufe und finanziell knapp dran sei.

Ja, klar, das ist auch entscheidend. Der Künstler muss lauter Dinge verkörpern, die die Kundschaft an die eigene Jugend erinnern, die sie aber hinter sich gelassen haben, weil es ihnen zu anstrengend wurde.

Oder weil sie beruflich vorwärtskommen wollten.

Sehr richtig: Oder weil sie beruflich vorwärtskommen wollten. Du checkst es, Jackpot. Ich darf festhalten, dass du es fast noch besser im Kopf behalten hast, als ich es dir erzählt habe.

Und das ist schon alles?

Mir jedenfalls fällt nichts Weiteres ein.

Gut, dann erzähl doch noch etwas über dieses Modell, das vorher hier im Atelier war.

Meine Güte, du bist wirklich ein hartnäckiger Starrkopf. Ich hab dir doch schon gesagt, was ich weiß, dass sie aus Zofingen kommt, wohl noch bei ihren Eltern wohnt, dass ihre Eltern und mindestens ein Großvater Lehrer sind und dass sie in Bern Kunst studiert.

Siehst du! Das mit den Eltern und dem Großvater, also dass sie alle Lehrer sind, hast du mir zum Beispiel noch nicht erzählt!

Na, jetzt weißt du's. Und sag mal, ist der Kaffee doch nicht so gut? Vorher warst du noch voll des Lobes, doch seitdem hast du keinen Tropfen mehr zu dir genommen.

Der Kaffee ist eins a, nichts zu bemängeln, gar nichts. Aber weißt du, ich kriege ihn besser runter, wenn er etwas kühler ist.

Ich kann dir sonst auch ein Schlückchen Gebranntes reinschütten, dann kühlt er relativ schnell ab.

Genau das meinte ich eigentlich.

Dann sags doch!

Ich mags halt, wenn jemand anderes draufkommt. Direkte Aussagen sind etwas für Menschen, die wenig Freude am Austausch haben.

Louis nickt und sagt, da hätte ich wohl nicht unrecht, und holt die Flasche mit Pflaumenschnaps, die ziemlich weit oben neben den Goya-Bänden im Bücherregal steht. Ich schaue ihm zu, er kann sie kaum erreichen und muss sich auf einen Hocker stellen. Auf dem Buchrücken neben der Flasche steht: *Goya im Madrider Prado*.

He, Louis, warst du auch schon mal in Madrid im Prado?

Klar. Mehr als einmal. Musst du unbedingt auch mal hin. Im Prado kannst du schauen, bis dir die Augen übergehen.

Wenn ich Geld hätte!

Kein Geld gilt nicht als Ausrede. Grunz und ich sind auch mal hin, als wir etwa in deinem Alter waren. Und damals hatten wir weniger Geld, als du dir überhaupt vorstellen kannst. Glaub mir, wir waren abgebrannt bis auf die Strümpfe. Wir sind trotzdem losgezogen. Grunz hatte damals eine Freundin, die ihm die Bahnkarte bezahlt hat. Und ich fuhr mit Santillana, der hier in Olten Trödler war. Er machte mit

Antiquitäten und allem Möglichen Geschäfte und musste ab und an nach Granada, um Ware zu holen oder zu bringen. Ein Schlitzohr erster Güte, dieser Santillana damals, ich sags dir, der hätte wohl auch seine Mutter verkauft, wenn ihm jemand ein anständiges Angebot gemacht hätte. Und wie gesagt, der musste in dieser Zeit oft nach Granada runter. Also nahm er mich in seinem Lieferwagen mit.

Hab gemeint, Madrid.

Jetzt warte doch! Nicht vorgreifen! Geduld! Grunz fuhr also mit seiner damaligen Freundin nach Granada. Iris war ihr Name. Sehr lieb, doch etwas zu anhänglich für Grunz. Und ich, ich wusste nicht so genau, wann Santillana fahren würde. Er sagte immer, gleich fahren wir, gleich, gleich. Aber gleich, das kann einiges heißen, vor allem bei einem wie diesem Santillana. Also sagte ich zu Grunz, er solle jeden Tag um vier in Granada zum Eingang der Alhambra kommen, um nachzusehen, ob ich bereits dort sei. Nachdem er ungefähr eine Woche lang jeden Tag vergebens dort hingegangen war, glaubte er nicht mehr, dass ich jemals auftauchen würde.

Da hätte ich schon viel früher nicht mehr daran geglaubt.

Bitte unterbrich mich nicht. Die Ferientage von Iris waren aufgebraucht, sie musste wieder arbeiten gehen. Sie sagte zu Grunz, er solle doch mit ihr zurück in die Schweiz fahren, noch länger zu warten sei sinnlos. Doch Grunz überredete sie, noch ein Mal zur Alhambra hochzugehen und Ausschau zu halten. Ein allerletztes Mal, dann könnten sie nach Hause fahren. Und tatsächlich sah er mich dort im Schatten sitzen. Grunz und ich begrüßten uns wie zwei Brüder, die sich ein halbes Leben nicht gesehen hatten. Dann brachten wir seine Braut zum Bus. Und danach befeuchteten wir uns die Kehlen. Damals war alles noch billig in Spanien, vor allem im Süden.

Natürlich. Billig für euch, nicht für die Spanier.

Ja, klar. Okay, am nächsten Tag hatten wir die Idee, zu Fuß nach Madrid zu gehen, um Kohle zu sparen. Das Problem war das Wetter. Andalusien im Juli und ohne Schatten, da machst du nicht viele Kilometer pro Tag, glaub mir. Wir verwarfen diesen Plan und versuchten es mit Autostopp. Entgegen jeder Prognose erreichten wir tatsächlich irgendwann Madrid, suchten uns eine billige Pension, ließen uns die Hemden bügeln, die Schuhe putzen und gingen dann geduscht, rasiert und gekämmt wie zwei frisch geölte Gigolos ins Prado-Museum. Ich sag dir, Grunz kriegte feuchte Augen, als er den Goya-Saal betrat.

Und du nicht?

Klar, ich auch, ich auch, aber er noch mehr.

Und wann genau war das?

Weiß doch nicht mehr, vielleicht dreiundsiebzig oder vierundsiebzig, jedenfalls lange her. Franco lebte noch, weißt du, der Diktator, aber wer für gesellschaftliche Fragen einen Riecher hatte, der merkte bereits, dass eine neue Epoche anbrach. Seit damals fahre ich immer wieder hin. Deshalb sage ich ja, du solltest auch mal hin, es würde dir guttun.

Aber heute ist Spanien nicht mehr wie damals, ich meine, nicht mehr so exotisch.

Sei froh!

Nein, ich bin nicht froh, ich mags gerne etwas exotisch, ich mag Gegenden, die möglichst anders sind als das, was ich kenne.

Manchmal allerdings wärst du froh, wenn du wüsstest, wie's läuft. Grunz und ich zum Beispiel kannten nicht alle Spielregeln auf unserer Tour. Da stehen wir am Anfang ein paar Kilometer außerhalb von Granada vor einem Haus und hören laute Gitarrenmusik. Wir schauen rein und sehen, dass es eine Kneipe ist, voller Publikum, drei Typen spielen Flamenco und die anderen klatschen im Rhythmus der Musik und stampfen mit den Füßen. Genial!, sagt Grunz, da geht die Post ab, komm, gehen wir rein!

Wir gehen also rein, und am Eingang der Kneipe liegt auf der Hutablage so ein Dreispitz, weißt du, so ein lackierter Hut mit drei Ecken, wie sie damals die Polypen der Guardia Civil getragen haben. Grunz nimmt den Hut und setzt ihn mir auf. Einfach so, aus Blödsinn. Der Hut passt wie angegossen, sieht fantastisch aus. Ich also mit dem Dreispitz auf dem Kopf rein in die Gaststube, klatsche flamencomäßig in die Hände, stampfe auf den Boden und rufe: Olé, olé, amigos! In dem Moment friert die ganze Szenerie ein. Alles erstarrt. Die Gitarren verstummen. Die Leute hören auf zu klatschen. Von einer Sekunde zur nächsten ist es totenstill im Raum. An einem Tisch steht einer langsam auf, ein Uniformierter, offensichtlich der Besitzer des Dreispitzes. Er kommt auf mich zu, immer noch langsam, fast in Zeitlupe. Dreißig oder vierzig Augenpaare starren abwechselnd mich und den Polypen mit dem schwarzen Schnauzer an. Man hört keinen Laut. Gespenstische Stille. Ich spüre, jetzt gibt es jeden Moment Saures, und ich sehe uns schon in einem dunklen, feuchten Rattenloch bei Wasser und Brot verrotten. Der Guardia-Offizier kommt immer näher. Und als ich glaube, er will den Gummiknüppel ziehen, mache ich eine theatermäßige Verbeugung und ziehe den Hut, dann strecke ich mich durch, drehe mich wie ein Tänzer um die eigene Achse, halte den Hut in die Höhe und rufe mit viel theatralischem Pathos: Viva España, viva la Virgen María, viva la Guardia Civil! Der Polizist muss lachen. Und wie die Leute sehen, dass er lacht, fangen alle zu lachen an, die Spannung ist verflogen, die Gitarristen beginnen wieder zu spielen, ich verbeuge mich noch einmal, setze dem Polyp den Hut feierlich auf, und alles ist wieder gut.

Grunz, der wahrscheinlich noch mehr Angst hatte als ich, war dermaßen erleichtert, dass er der Guardia

Civil und den Musikern je eine Flasche Sherry offerierte.

Das ist ja der Wahnsinn!

Sag ich doch, sei froh, dass Spanien nicht mehr so ist wie damals.

Ist das wahr?

Frag den Grunz.

Du, Louis, sag mal, sind der Grunz und du immer noch so befreundet wie damals, als ihr diese Reise gemacht habt?

Klar.

Aber ihr seid doch Konkurrenten? Als Maler, meine ich. Ihr fischt doch beide im gleichen Teich.

Grunz und ich, wir sind Gegner, aber keine Feinde. Das musst du unterscheiden.

Gibts noch Kaffee?

Klar, bedien dich nur.

Während ich mir Kaffee nachschenke, nimmt Louis noch mal die Flasche vom Regal und dazu das Buch, *Goya im Madrider Prado*. Er schlägt es auf, bei einem Bild, wo ein paar Typen auf dem Boden knien, andere sind schon tot, und die, die knien, werden gerade mit langen Gewehren füsiliert.

Siehst du das Licht?

Ich sehs, natürlich seh ich's, warum fragst du?

Woher kommt das Licht?

Ich habe keine eine Ahnung. Wahrscheinlich von dieser Laterne.

Vielleicht, vielleicht auch nicht. Du kannst nicht sagen, wo es herkommt, und vor allem kannst du nicht sagen, wie er es gemacht hat, ich meine, wie er es gemalt hat. Aber es ist dort, bei dem mit dem weißen Hemd, und dahinter ist es ebenfalls, und jeder siehts und spürts. So ein Licht in so eine Szene hineinbringen, so viel Licht mitten in diesem brutalen Elend, das kann nicht jeder, glaub mir.

Aber du könntest es, da bin ich mir sicher.

Louis schaut mich beinahe traurig an, lächelt müde und sagt, es sei Zeit für einen Aperitif.

Wir gehen ins Galicia. Es sind noch nicht viele Leute da. Rita ist hinter der Bar.

Hallo Rita.

Hallo zusammen. Was darfs sein?

Was darfs sein? Bei diesem staubtrockenen Wetter darf es fast alles sein, ich meine alles, was gut die Kehle runterrutscht.

Sehr witzig.

Was meinst du, Jackpot, nehmen wir eine Flasche weißen Ribeira?

Das ist wohl kein dummer Plan.

Also eine Flasche weißen Ribeira?

Du sagst es Rita, du sagst es. Ein schöner, schmackhafter weißer Ribeira. Gut runtergekühlt. Und ein paar schwarze Oliven oder etwas, um den Magen zu schonen, sei so gut.

Jeannette kommt herein, eine, die man öfters im Galicia antrifft. Sie sieht Louis dort stehen, geht zu ihm und legt ihm von hinten eine Hand auf die Schulter. Er dreht sich um.

Schau an, hallo Jeannette. Das ist aber schön.

Grüß dich, Louis. Sieht man dich auch mal wieder? Könntest ruhig mal etwas von dir hören lassen. Hab dich vermisst.

Du hast mich vermisst? Eine Klassefrau wie du vermisst eine Ruine wie mich? Mach bitte nicht, dass ich hier vor allen Leuten verlegen werde, liebe Jeannette. Siehst du, wie rot ich werde? Du hast mich vermisst? So was geht mir zu Herzen. Aber du weißt es ja. Ich bin selten unterwegs, da ich fast die ganze Zeit arbeite. Ich bin eine Art Akkordarbeiter im Bergwerk der Kunst. Die Arbeit gibt mir Struktur und rettet mich vor dem moralischen Zerfall.

Und mich brauchst du nicht mehr? Der große Künstler ist meiner überdrüssig?

Jeannette, sag so was bitte nicht! Im Moment male ich eben mehr Landschaften und Blumensträuße, sagt Louis und muss selbst lachen über den Spruch.

Jeannette ist auch ein Modell von Louis. Eine ziemlich interessante Frau, aber kein Vergleich zu jener, die vorher aus seinem Haus gekommen ist. Als Jeannette sich zu jemand anderem gesellt, frage ich bei Louis nach:

Sag mal, wie hieß die noch gleich?

Jeannette.

Nein, nicht die, die kenne ich, ich mein die andere.

Wer? Von wem redest du?

Ich mein die aus Zofingen, die heute bei dir war, die Schöne.

Die lässt dir wirklich keine Ruhe, ich staune, Jackpot. Fanny meinst du. Du musst dir auch den Namen merken, nicht nur den Augenaufschlag. Soll ich dich ihr mal vorstellen?

Ich sage ihm, lass mal gut sein. Louis zwinkert mir zu. Wir stoßen an und werfen eine Münze in den Billardtisch.

Jeannette kommt zum Tisch und schaut zu. Ich bin kein besonders guter Billardspieler. Und wenn jemand zuschaut, werde ich auch nicht besser. Aber es ist mir egal. Ich spiele, um zu spielen, ohne Ehrgeiz oder so.

Hey, Jackpot, was macht eigentlich dein berühmter Roman?

Das ist Otto, dieser ewige Holzkopf. Sitzt immer im Galicia, immer am selben Tisch, hinten am Fenster, gibt manchmal stundenlang keinen Ton von sich und plötzlich ganz viele Töne auf einmal. Aber was muss mich dieser Obersimpel gerade jetzt in einer Lautstärke, die in der ganzen Kneipe zu hören ist, nach meinem Roman fragen? Nicht, dass ich selbst nicht auch manchmal davon rede, aber doch nicht hier und jetzt und vor allen Leuten! Zum Glück dreht sich niemand um.

Alles Klarschiff, Otto, kommt gut. Aber warum fragst du?

Warum sollte ich nicht fragen? Hast mir ja letztens selbst erzählt, dass du immer noch nach dem Faden suchst. Weißt du nicht mehr, damals mit dem Claudio, als wir zu dritt vier Pullen Rotwein erledigt haben und erst danach klar wurde, dass keiner genug Geld im Sack hatte, um zu bezahlen.

Klar, bei diesen Preisen!

Genau, und der Claudio musste zum Automaten bei der Post, hatte aber nicht mehr genug auf dem Konto. Eine Riesensache, bis wir das Geld für die vier Flaschen zusammenkriegten. Und als wir endlich zahlen konnten, hast du mir erzählt, dass du noch immer nach dem Faden für deinen Roman suchst.

Ja, da hab ich sicher noch so manches erzählt, jeder von uns hat manches erzählt. Das ist ja das Schöne an gutem Rotwein, dass er die Menschen zusammenführt und zum Erzählen bringt. Und am nächsten Tag kann man alles vergessen und wieder von vorne anfangen.

Das hab ich aber nicht vergessen, das mit dem Faden, den du suchst.

Weil du eben ein schlechter Rotweintrinker bist. Wärst du ein guter Rotweintrinker, dann hättest du das schon lange von der Festplatte gelöscht und den Speicherplatz im Gedächtnis für Wichtigeres aufgespart, das kannst du mir glauben, Otto.

Bei mir bleibt eben fast alles gespeichert, ob ich nun will oder nicht. Zum Beispiel das mit deinem Roman und dem roten Faden, den du suchst.

Ich hab ihn, ich hab ihn, kannst dich beruhigen, Otto, ich hab den Faden. Jetzt hab ich eingefädelt. Von jetzt an läufts mehr oder weniger am Schnürchen. Nähen und singen, sagen sie dazu in Spanien, wenn etwas ganz von selber läuft.

Otto wollte noch mehr wissen, aber Louis sagte ihm, er soll mir nicht auf den Senkel gehen, das mit dem Roman sei eine ernsthafte Sache. Kunst sei immer ernst, viel zu ernst, als dass man diese Angelegenheit zwischen Billard und Weißwein abhandeln könne. Ich war Louis echt dankbar. Besser und deutlicher hätte er es dem Otto nicht klarmachen können. Und Otto zog sich wieder in seine Welt zurück. Schaute auf den Tisch und konzentrierte sich, damit er endlich dieses blöde Sudoku im *Tagblatt* beenden konnte.

Ist das wirklich wahr, Jackpot? Du schreibst an einem Roman?, fragt jetzt Jeannette.

Jeannette, bitte fang nicht auch noch damit an!, sagt Louis sofort und versenkt über zwei Banden die letzte Kugel.

Voilà. Willst du eine Revanche?

Wir spielten noch etwa vier oder fünf Partien, bis der Wein leer war. Ich verlor jede, weil Billard, das ist das Spiel von Louis, war es schon immer. Niemand weiß, warum, aber nur Louis hat für diese Kugelei den nötigen Ehrgeiz und die nötige Konzentration. Andere wie ich zum Beispiel verheddern sich mit dem Stock und treffen die Kugel immer genau dort, wo sie sie nicht treffen wollten.

Wir redeten wenig, und als wir uns einig waren, dass wir genug gespielt hatten, machte ich einen ruhigen Abgang. Schönen Abend, bis bald. Louis blieb noch. Er wartete noch auf jemanden oder etwas. Das ist mehr oder weniger der Normalzustand von Louis. Aber ich hatte eine wunderbare Bettschwere, und zu Hause schlief ich schneller ein als ein alter Mann vor dem Fernseher.

2

Nach diesem Billard-Abend vergingen kaum ein paar Tage, bis ich Fanny wiedersah. Dabei hatte ich es nicht einmal darauf angelegt, es hatte sich einfach ergeben, einfach so, wie einem manchmal einfach ein einfaches Lied durch den Kopf geht. Und lustigerweise sind es meist nicht die intelligentesten Lieder, die unverhofft aus irgendeiner Ecke der Erinnerung herauskriechen: Bleib dir selber treu, bis wir uns wiedersehen, lass der Sehnsucht ihren Lauf, leb das Leben neu, bis wir uns wiedersehen, gib die Träume niemals auf. Und vergiss mich nie, bis wir uns wiedersehen, eines Tages irgendwann, und behalt mich lieb, bis wir uns wiedersehen, bis ich dich umarmen kann.

Zu einer Umarmung ist es allerdings noch nicht gekommen, das dann doch nicht. Ich stehe in Olten auf dem Bahnhof, beim Zug, der Richtung Basel fährt, und warte darauf, dass ich einsteigen kann. Und genau aus der Zugtüre, an der ich warte, steigt Fanny aus. Sie hat mich mit ihren wahnsinnig schönen Augen festgenagelt und scheint darüber nachzudenken, wo sie mich hintun soll.

Irgendwoher kenne ich diesen Typen doch. Wo hab ich den kürzlich gesehen? Diese Visage kommt mir echt super bekannt vor. Aber wann, wann sind wir uns begegnet? Irgendwas in dieser Art muss sie sich wohl gedacht haben. Und ich, ich halte mich gedanklich schon wieder an irgendeinen dieser tausend Schlager, die meine Mutter beim Bügeln oder Nähen zu Hause immer gehört hat, ohne daran denken zu wollen, dass das Leben die meisten Versprechen nicht einzulösen vermag und sie bei der Rollenverteilung in der Familie nicht gerade den dankbarsten Part erhalten hatte. Ich habe die Liebe gesehn, beim ersten Blick in deine Augen. Auf einmal fing die Welt sich an zu drehn. Wir schauten uns nur an. Und das Glück begann. Ich habe die Liebe gesehn, beim ersten Blick in deine Augen. Du nahmst ganz einfach meine Hände. Und ich ließ es geschehn, denn es war so schön.

Aber wie gesagt, so weit war es natürlich noch lange nicht, dass ich einfach ihre Hände in meine Hände genommen hätte oder sie meine Hände in ihre. Ich konnte nicht einmal sicher sein, dass sie mich erkannt hat. Für mich ist das einfacher, weil wenn ich eine solche Frau sehe, kann ich noch nach tausend Jahren sagen, wann und wo und in welchem Zusammenhang ich ihr zum ersten Mal begegnet bin.

So weit, so gut, ich hätte was sagen wollen, wusste

aber im Moment gerade nicht, was. Also stieg ich ein und dachte nur, dass ich manchmal gerne etwas spontaner wäre und dass das Leben so gut sein könnte, würden einem immer im richtigen Moment die richtigen Sätze einfallen, wie in alten amerikanischen Filmen, in denen die Typen den Frauen immer im genau richtigen Moment die genau richtigen Sätze sagen können. Was willst du machen? Das gibt es nur in den Filmen, dass alle Typen so cool und schlagfertig sind und alle schönen Frauen den coolen Typen an den Lippen hängen. Deshalb braucht es die Filmindustrie überhaupt, um Vorurteile zu festigen und denen eine bessere Welt zu zeigen, die mit der gewöhnlichen Welt nicht allzu viel anfangen können.

Als der Zug losfuhr, sah ich noch knapp, wie Fanny in der Unterführung verschwand. Als ich sie nicht mehr sah, hatte ich das Gefühl, es werde etwas finsterer im Wagen. Auf der Fahrt überlegte ich mir, dass es vielleicht nicht so schlecht gewesen wäre, wenn ich Fanny vorhin wenigstens angelächelt hätte, nicht übertrieben, aber so, dass sie hätte merken können, dass ihre Nähe gute Vibrationen bei mir auslöst. Im Hauenstein-Tunnel schloss ich meine Augen, um diesen Vibrationen noch etwas nachzuhorchen. I'm pickin' up good vibrations. She's giving me excitations. I'm pickin' up good vibrations (Oom bop, bop, good vibrations). She's giving me excitations (Oom bop, bop, excitations). Good good good good vibrations (Oom bop, bop). Wie? Das Ticket? Oh sorry, klar, excuse me, entschuldigen Sie bitte, ich war gedanklich gerade ganz woanders.

In Basel gehe ich direkt zum Büro meines Bruders. Ich will ihn wegen Kies angehen. Am Empfang steht eine, die ich zuvor noch nie gesehen habe. Ist wahrscheinlich neu. Will wissen, wen sie melden darf. Ich nenne meinen Namen, sie stockt, weil sie merkt, dass ich wohl mit dem Bruder verwandt bin, der logischerweise auch Gobeur heißt. Sie ruft an und sagt dann, es sei in Ordnung, der Herr Gobeur erwarte mich. Danke. Das hätte ich ihr gleich sagen können. Aber Dienstweg ist Dienstweg. Wünsche Ihnen noch einen schönen Nachmittag und sehen Sie es nicht allzu streng. Danke gleichfalls.

Mein Bruder arbeitet schon seit Längerem bei der Pharma. Er verdient schön Kohle, hat ein schönes Büro mit schönen Bildern aus der firmeneigenen Kunstsammlung. Na ja, etwas muss die Pharma ja machen mit der ganzen Knete, die die werktätige Bevölkerung mit jeder Krankenkassenrechnung in das Gesundheitssystem reinpumpt. Die Leute drücken Prämien ab, bis sie nicht mehr wissen, ob es nicht genau diese Prämien sind, die sie schlussendlich krank machen. Sie bezahlen und schlucken Tabletten und zahlen noch mehr und nehmen noch mehr Tabletten und die Prämien steigen und die Aktienkurse steigen und der Blutdruck steigt und der Umsatz an Blutdruckmitteln steigt. Und dank dieser Blutdruckmittel ist zum Beispiel einer wie mein Bruder finanziell auf der wettergeschützten Seite. Aber was fast noch besser ist, er ziert sich nicht, wenn sein Schriftstellerbruder, der noch immer in Olten sitzt, mal einen Engpass hat. Er fragt höchstens, wie es bei mir so laufe und was ich gerade vorhabe, künstlerisch gesehen. Und wenn ich ihm dann, so wie bei diesem Besuch, sagen kann, ich sei nur vorübergehend etwas eng dran, höchstens, bis ich den Roman vollendet habe, der garantiert abgehe wie eine Rakete und anständig Geld bringe und möglicherweise sogar im Ausland ein Erfolg werde, wenn alles normal laufe, plus Filmrechte, plus Übersetzungsrechte und überhaupt ginge es jetzt praktisch nur noch darum, die Geschichte unter das Volk zu bringen, dann beruhigt das den Bruder und er überweist mir so viel, dass ich wieder ein paar Monate Luft habe.

Und wovon handelt denn dieser Roman?, will der Bruder wissen, während er mit einem Werbekugelschreiber spielt. Ihre Krankenkasse – immer in Ihrer Nähe.

Ich kann nicht genau raushören, ob er seine Frage aus reiner Höflichkeit oder aus echtem Interesse stellt, aber vielleicht ist es ja beides.

Nun, es geht um Wettgeschäfte im Sport. Mafiöse Machenschaften. Manipulierte Spiele. Glück und

Unglück und leidenschaftliche Liebe. Lauter solche Sachen.

Also ein Kriminalroman?

Das würde ich so nicht sagen. Ich sehe es eher als Sozialdrama, ich will aufzeigen, wie die Reichen immer noch reicher werden und die Armen immer mehr zur Kasse gebeten werden. Und trotzdem liegst du nicht ganz falsch, die Spannung eines Krimis ist vorhanden, die muss vorhanden sein, um die Leute bei der Stange zu halten. Weil wer liest heutzutage noch ein Buch ohne Spannung. Höchstens Deutschlehrer, wenn überhaupt. Aber vor allem geht es mir wie gesagt um ein Sozialdrama. Gerade in der heutigen Zeit ist es die Verpflichtung des Künstlers, dass er jene nicht vergisst, die untendurch müssen, weißt du, ich meine die, die den Preis zahlen für die globalisierte Wirtschaft, die Opfer des Raubritterkapitalismus.

Du meinst also Sozialer Realismus?

Nein, Menschlichkeit, das meine ich, Menschlichkeit, verstehst du? Dass die Menschlichkeit obsiegt. Und eben, die Form, der Stil, der Tonfall, alles muss stimmen. Die Geschichte an sich ist einfach. Was schwierig ist, ist Form, Inhalt und Haltung zu verbinden. Erst wenn das alles zusammenpasst, wird es was.

Du wirst es wissen. Du bist der Spezialist.

Deshalb sag ich es ja!

Und wo gibst du ihn raus, ich meine, bei welchem Verlag?

Alter, ich muss ihn zuerst mal fertig schreiben. Eins nach dem anderen! Piano, piano si arriva a Lugano, wie der Westschweizer sagt. Zuerst braucht es eine Geschichte und danach einen Verlag. Aber der Verlag ist das kleinste Problem, kannst du mir glauben, wenn das Manuskript einmal fertig ist, stehen die Verlage bei mir Schlange.

Echt jetzt?

Hundert Prozent! Oder sagen wir es mal anders: Wenn das Buch gut ist, dann kommt es schon irgendwo raus, und gut wird es eh.

Meinst du?

Na, wenn du so direkt fragst, vielleicht könnte das mit dem Verlag tatsächlich noch zur Knacknuss werden. Aber ich hoffe jetzt mal, dass es nicht daran scheitert.

Später fragt mich dann mein Pharmafirmafamilienmitglied möglicherweise noch einmal, ob ich finanziell im Senkel sei. Aber ob und bis wann ich ihm das Geld zurückzahlen könne, das er mir pumpt, fragt er nie. Wahrscheinlich wird in seiner Buchhaltung jeder Franken, den er an mich überweist, auf ein Verlustkonto geschrieben, und das ist für beide gut so. Ich weiß das zu schätzen, echt. Das können nämlich die wenigsten Leute. Kohle pumpen oder schenken, das kann möglicherweise noch manch einer. Großzügig sein ist nicht so schwer, wenn man es hat. Was hingegen wirklich schwierig ist, ist einem armen Lump, wie ich manchmal einer bin, Pulver rüberzuschieben, ohne ihm dabei das Gefühl zu geben, er müsse einem jeden Tag fünfmal Danke sagen oder ständig Rechenschaft ablegen. Unterstützen ohne zu bevormunden, das ist die ganz große Kunst – und diese Kunst hat leider kaum einer drauf, mein Bruder aber schon. Zum Glück kann er das, und das ist sehr befreiend. Jeder mag großzügige Menschen, keine Frage, aber wenn sie so ne Gönnerhaltung einnehmen und nur Geld geben, um sich überlegen zu fühlen, dann sollen sie ihr Geld lieber behalten.

Von wem ist eigentlich dieses Bild?

Welches Bild?

Na, das große da hinter dir.

Vallotton heißt er.

Guter Kerl, der Vallotton, da siehst du auf einen Blick, dass das einer ist, der malen kann. Hast du das ausgewählt?

Ja, weißt du, wir kriegen manchmal eine Liste von der Kunstsammlung unserer Firmenstiftung. Dann kann jeder was aussuchen von den Bildern, die noch frei sind.

Nicht schlecht, aber ich würde dir empfehlen, dir mal einen original Brunner anzuschaffen, Louis Brunner, ein Kunstmaler aus Olten. Den musst du im Auge behalten, ist heftig am Kommen, Wertsteigerung garantiert.

Ein Junger?

Geht so. Knapp siebzig. Aber im Herz, im Herz ist er noch total jung. Weißt du, er malt schon lange, aber ist jetzt gerade an der Schwelle zum großen Durchbruch. Merk dir den Namen, Louis Brunner aus Olten, eigene Handschrift, eigene Ästhetik, Oltener Realismus.

Er notiert es auf einem Schreibblock und sagt, er werde es denen von der Kunststiftung ausrichten. Und als ich aufstehe, um mich zu verabschieden, geht er mich doch tatsächlich noch ein drittes Mal an wegen meiner Finanzen und sagt, ich solle einfach offen sein, unter Brüdern könne man sich vertrauen. Gut, ich gebe es zu, ich kann nicht nur schönreden, sage ich, es ist verrückt, wie viele Rechnungen einem den lieben langen Tag ins Haus flattern, regelrecht beängstigend kann das sein. Und er, mein Bruder, nickt nur.

So weit, so gut, alles Geschäftliche war erledigt, und ich nutze den Aufenthalt in Basel, um in der Unibibliothek einen alten Schulfreund zu besuchen, der dort arbeitet.

Roman ist mit mir zur Schule gegangen, aber im Unterschied zu mir hat er seine Bildung souverän durchgezogen, von der ersten Primarschulklasse bis hinten raus zum Lizenziat und noch weiter. Studierte damals Italienisch und sonst noch was. Nach dem Liz die Bibliothekar-Ausbildung. Dann wurde er Bibliothekar im Romanischen Institut. Ziemlich lockerer Job, jedenfalls wenn man Freude dran hat.

Und Roman hat Freude daran. Ist der geborene Bibliothekar, belesen wie sonst keiner. Doch immer bescheiden im Umgang. Außerdem hat er eine natürliche Begabung für alles, was mit Ordnung zu tun hat. Und eine solche Begabung kommt einem fast nirgends so entgegen wie in einer Bibliothek.

Jackpot, alter Bleistiftkauer! Schon lange nicht mehr gesehen!

Tag, Roman, dasselbe kann ich sagen, du lausiger Literaturhauswart! Lässt dich ja nicht mehr blicken in Olten, seit du da in der Weltmetropole der humanistischen Bildung hast Fuß fassen können. Wie läufts mit den Büchern?

Normal. Wie immer. Siehst es ja. Die einen bringen, die anderen holen ab, und manchmal will einer was wissen. Business as usual, wie man in Basel sagt. Und was macht dein Roman?

Fertig!

Das ist nicht wahr! Echt? Du hast ihn endlich geschrieben?

Mehr oder weniger. Jedenfalls weiß ich jetzt, wie er funktioniert, jedes Wort, muss ihn nur noch tippen. Ich habe den Faden gefunden, hab die ganze Geschichte im Kopf. Willst du eine Kurzzusammenfassung?

Klar! Erzähl!

Also, folgendermaßen, es geht um ein paar Typen, die regelmäßig Sportwetten machen. Sie haben das

Glück nicht gerade gepachtet. Sind alles alte Freunde. Sie wetten auf alles Mögliche, sind aber auf Fußball fixiert. Ihnen ist jede größere Liga in Europa bekannt, sie sind über jedes Kader up to date, und eben, sie wetten ständig, wie die Verrückten. Doch die längste Zeit will es nicht so richtig abgehen. Mal etwas im Minus, mal etwas im Plus, nichts von Bedeutung. Bis einer der Freunde die Idee hat, einen großen Betrag auf ein paar komplett unwahrscheinliche Resultate zu setzen. Eine haarsträubende Quote. Und was geschieht? Die unwahrscheinlichen Resultate werden wahr, und die Kasse klingelt dermaßen krass, dass sie für immer und ewig saniert sind. Theoretisch könnte die Geschichte da enden. Tut sie aber nicht! Das Dumme ist eben, dass die Resultate durch Schiebung entstanden sind. Internationale Wettmafia, Manipulation, Korruption und so, alles klar? Und am Schluss wird es nichts mit diesem Supergewinn. Und die Freunde finden sich wieder dort, wo sie am Anfang waren, außer dass sie sich im Laufe des Buches noch verliebt haben, und zwar alle gleichzeitig in die gleiche Frau, und jeder ist überzeugt, er kriege sie. Und für den Leser bleibt bis zum Schluss unklar, wer die Frau kriegt, falls überhaupt einer. Das gibt dem Plot noch einen Schuss Romantik, sodass es auch Frauen gerne lesen.

Alles klar! Gratuliere, Jackpot. Eine fehlerfreie Auslegeordnung. Klingt überragend. Klassisch. Unerwarteter Aufstieg und dann der Absturz zurück zum Urzustand. Glück als flüchtiges Gut. Parallelität der beiden Hauptmotive, Glücksspiel und Liebesglück. Sehr schön. Das steht auf dem Fundament der jüdisch-christlich-hellenistischen Literaturtradition. Könnte von einem Amerikaner sein, wenn's nicht von dir wäre.

Ich werde leicht verlegen: Danke, Roman, solltest nicht übertreiben. Amerikaner ist ein ziemlich großes Wort für einen aus Olten. Na ja, das ist grob gesagt die Geschichte. Jetzt muss ich nur noch schauen, dass es nicht allzu autobiografisch daherkommt. Die Kunst muss nämlich die Realität verwandeln. Weißt du, wie ich meine?

Wer sagt das?

Das sagt jeder, der was von Kunst versteht.

Dann wird es wohl stimmen.

Voilà.

Und sonst, wie gehts dir sonst, Jack?

Sonst gut, nichts zu klagen. Hab eine Frau kennengelernt.

Ne gute?

Ein Wahnsinn von einer Frau, eine Frau mit Klasse, eine Frau von einer unvorstellbaren Schönheit. Glaubs mir, Roman. Wenn ich Schönheit sage, dann meine ich innere und äußere Schönheit, plus Geschmeidigkeit, plus Intelligenz, plus Coolness, plus Warmherzigkeit, plus Großzügigkeit.

Klingt nicht voll daneben. Musst sie mir bei Gelegenheit mal vorstellen.

Das ist leider das Problem.

Was ist das Problem?

Erstens kommst du ja nie mehr nach Olten, als wäre Olten schwer zugänglich. Zweitens hab ich sie kennengelernt, aber sie mich noch nicht. Deshalb kann ich dir noch nicht so genau sagen, wie es ausgehen wird.

Roman muss von einem Studenten Bücher entgegennehmen. Dann fachsimpelt er mit diesem Studenten eine Weile, und ich kann deshalb nicht sofort rausfinden, ob er mich nun lächerlich findet oder nicht. Aber als er zu mir zurückkommt, ist er ganz ernst. Er sagt, er verstehe mich hundertprozentig und drücke mir die Daumen, dass es optimal laufe mit dieser Superfrau. Er könne es mir nachempfinden. Und ich solle ja nichts übereilen und mich nicht verbeißen, aber doch dranbleiben, nicht aufdringlich, aber konstant.

Übrigens, wie heißt sie?

Fanny.

Fanny? Ist das nicht etwas altmodisch?

Weiß ich doch nicht! Ich hab ihr ja den Namen nicht gegeben. Aber weißt du was? Mir gefällt er. Ich wüsste keinen besseren für sie. Und wüsste ich einen besseren, würde es nichts nützen, weil die Fanny Fanny heißt, ob es uns nun passt oder nicht.

Und was hast du jetzt vor?

Keinen Plan. Denk doch mal nach, Roman. Es

geht um Liebe. Da muss man das Leben spielen lassen. Das ist fast wie beim Wetten, du setzt und schaust, was geschieht. Aber hast du mal gesetzt, liegt es nicht mehr in deiner Hand, dann kannst du nur noch abwarten.

Roman nickt wissend und sagt, das sei schon mal nicht ganz falsch, schauen und abwarten, er habe mir ja gerade selbst gesagt, ich solle nichts überstürzen. Aber überhaupt nichts tun sei wahrscheinlich auch nicht der richtige Weg.

Ich weiß, ich muss einfach schön dranbleiben, und immer locker. Wie ein Marathonläufer.

Genau, bleib dran und immer locker.

Es kommen mehr Leute, Roman muss arbeiten. Ich verabschiede mich und fahre nach Olten zurück.

Im Zug hatte ich fast eine halbe Stunde, um nachzudenken, ob es wirklich stimmt, ob ich wirklich selber aktiv werden müsste, und wenn ja, wie. Fanny wurde da schon fast zu einer fixen Vorstellung. Ich mag Frauen mit einer verlebten Stimme, wie zum Beispiel Janis Joplin oder Jeanne Moreau, diese Schauspielerin, die in diesem französischen Film spielt, in dem ein Typ immer will, dass sie vor ihm hin- und hergeht, damit er ihre Beine betrachten kann. Der Film heißt so ähnlich wie *Femme de chambre*, hab ihn mal im Fernsehen gesehen, vor Jahren, er war schon damals ein alter Streifen, aber ich hab ihn nie vergessen, wegen der Stimme dieser Jeanne Moreau. Und ich werde auch nie wieder vergessen, wie Fanny damals vor Louis' Haustüre »Sorry« gesagt hat. Nur dieses eine Wort, aber das hat gereicht, dass ich wusste, dass sie eine unvergleichliche Stimme hat. Und auch wenn ihr Sorry einen Schweizer Akzent hatte, hatte es im Nachklang einen internationalen Zauber gehabt.

Ich muss noch mal zu Louis, dachte ich. Gleichzeitig war mir klar, dass ich Louis mit dem Thema nicht zu sehr auf den Senkel gehen sollte. Louis macht sich gerne lustig, wenn es um was Ernsthaftes geht. Und das könnte ich in diesem Zusammenhang schlecht ertragen. Doch dachte ich, schnell Hallo sagen könne auch nicht schaden und gar nichts tun sei nicht die beste Variante. Jedenfalls klingle ich erneut bei Louis. Doch diesmal ist der Maler äußerst kurz angebunden.

Tut mir leid, Jackpot, hab gerade keine Zeit, bin mit einem Modell oben.

Dauert es lange?

Schwierig zu sagen, aber sicher eine Stunde bis eineinhalb. Warum, gibts was Dringendes?

Nee, wollte nur kurz wegen meinem Roman was besprechen. Kein Problem, kann später wiederkommen.

Klar, klar, komm später.

Ich gehe in die Kantine der Fachhochschule, von dort aus habe ich Louis' Haustür im Blick. Außerdem kann man dort die internationale Presse lesen. Eine französische oder italienische Zeitung in der Hand zu halten hat mir schon oft ein gutes Gefühl gegeben. Man blättert zum Beispiel im *Figaro* und kann sich vorstellen, man sei in Paris im Marais. Doch diesmal mag ich nicht lesen. Nur zur Tarnung nehme ich *Die Zeit* in die Hand und eine Flasche Mineralwasser, der Nerven wegen. Dann warte ich. Ich komme mir vor wie so ein Agent in einem amerikanischen Thriller, nur nicht ganz so souverän.

Als sich die Haustür bei Louis drüben zum ersten Mal bewegt, springe ich beinahe auf. Es ist allerdings falscher Alarm. Louis' Nachbar aus dem Erdgeschoss kommt mit dem Hund raus, ein unwahrscheinlich hässlicher Hund, aber sicher ein lieber. Nicht, dass ich viel über Hunde wüsste, und doch, ich hab den Hunden manchen Franken zu verdanken, ich meine den Windhunden, denen von den Hunderennen.

Musst viel cooler bleiben, sage ich mir und warte weiter. Es dauert dann tatsächlich noch einmal fast eine Stunde, bis Fanny rauskommt. Ich gehe ihr nach, in einem Abstand, der groß genug ist, dass sie mich nicht sieht, und doch nicht so groß, dass ich sie aus den Augen hätte verlieren können.

Einfache Beschattung sagt man wohl im Polizeijargon dazu. Aber in meinem Fall ist es was anderes, eine einfache Sehnsucht nach Nähe zu jemandem, der mich extrem anzieht. An der Tannenwaldstraße bleibt sie stehen, um mit einer anderen Frau ein paar Worte zu wechseln. Ich kenne die andere vom Sehen, weiß aber gerade nicht mehr, woher. Ich bleibe ebenfalls stehen, nicht abrupt, schön unauffällig, zünde eine Zigarette an und tue so, als müsste ich mir die Schnürsenkel binden. Dann geht Fanny fünfzig Meter weiter bis zu der Treppe, die in die Unterführung, hinunter in den Bahnhof und dann direkt zum Kiosk führt. Ich weiß nicht recht, ob ich nun auch in den Kiosk reinsoll oder besser draußen warte. Ich entscheide mich, von außen zu observieren, und sehe, wie sie bei den Zeitschriften herumstöbert, doch dann kauft sie ein Päckchen Parisienne. Rauchen fügt Ihnen und den Menschen in Ihrer Umgebung erheblichen Schaden zu. Dann schaut sie auf die Uhr, geht zum Gleis 11 und wartet auf ihren Zug. Alles in allem keine besonders spannende Beschattung. Ich gehe zurück zum Kiosk, kaufe *L'Equipe*, die *Gazzetta dello Sport*, *Kicker* und ein paar Subito-Lose und gehe dann noch mal zum Maler.

Im Atelier von Louis herrscht ein ziemliches Durcheinander. Überall aufgeschlagene Bücher am Boden. Außerdem eine angefangene Flasche Wein mit zwei Gläsern.

Bist du vorwärtsgekommen, frage ich den Maler.

Womit?

Na, mit deinem Modell.

Geht so. Nicht wahnsinnig.

Wenn man zusammen nen Stapel schöne Bücher anschaut und Rotwein reinschüttet, kommt man wohl nicht so richtig vorwärts. Ich kenne das.

Aber hallo, hört, hört! Völker, hört die Signale! Der Jackpot hält mir in meinem Atelier einen Vortrag über Arbeitsmoral. Das ist ja ganz was Neues. Nur etwas hast du vergessen, mein Sohn: Ich verdiene seit fünfzig Jahren meinen Lebensunterhalt mit der Malerei und ich musste in diesen fünfzig Jahren noch nie jemanden fragen, weshalb und mit wem und wann und wie ich meine Arbeit machen soll.

Das mit den fünfzig Jahren ist als Erklärung natürlich ziemlich hieb- und stichfest. Und ich frage mich, ob ich ein wenig zu weit gegangen bin. Mein Spruch mit dem Rotwein hatte wirklich einen Unterton, als wäre ich bereits eifersüchtig, eifersüchtig wegen einer, die ich noch gar nicht richtig kenne, eifersüchtig auf einen, der zu meinen besten Freunden zählt.

Ich setze mich auf den Boden und sage zu Louis, ich sei halt im Moment etwas angespannt, es tue mir leid, er habe recht, ich hätte zu diesem Thema gar nichts zu sagen, ein Supersorry und eine riesige Entschuldigung obendrauf, und dann schaue ich, was für Bücher er Fanny offenbar gezeigt hat. Beckmann. Jedes Buch ein Buch über Beckmann.

Wer ist eigentlich dieser Beckmann?

Bist du plötzlich kunstinteressiert?

Ich weiß nicht. Aber um dich rum könnte ich es

ja noch werden. Gefällt mir gar nicht schlecht, was der macht, dieser Max Beckmann. Der Typ malt irgendwie ähnlich wie du. Kennst du ihn, ich meine, persönlich?

Lebt nicht mehr.

Ach sooo. Lebt nicht mehr. Tut mir leid. War er noch jung? Wart ihr befreundet? Was hatte er? Krebs?

Lebt schon lange nicht mehr.

Aha, tut mir trotzdem leid. Wirklich schade. Hätte es ihm gegönnt, wenn er noch leben würde. Der hats nämlich drauf. Er hat einen Ausdruck, eine Persönlichkeit, etwas, das nicht jeder hat.

Wenn du das sagst, könnte es stimmen.

Warum hast du noch nie von diesem Beckmann erzählt?

Hast du mich jemals gefragt?

Bei dem anderen, also bei Goya, hab ich dich auch nicht gefragt, und trotzdem hast du von ihm erzählt. Weißt du nicht mehr? Das Bild mit dem Licht. Wo diese Typen füsiliert werden und die Arme in die Höhe halten. Du wirst es mir nicht glauben, aber manchmal träume ich nachts von dieser Szene.

Doch, ich weiß es noch und glaubs dir. Aber du hast mich damals gefragt, ob ich schon mal im Prado war. So kam ich auf Goya. Ich erzähle nicht einfach aus dem Nichts heraus was über Goya oder Beckmann.

Es hat ja auch niemand gesagt, du sollst aus dem Nichts heraus erzählen. Niemand erzählt aus dem

Nichts heraus. Sogar bei solchen, die den Eindruck erwecken, sie erzählten aus dem Nichts heraus, gibt es normalerweise irgendwo einen Impuls. Das Einzige, was ich gefragt hab, ist, warum du mir nie was über Beckmann erzählt hast.

Vielleicht hatte ich einfach keine Lust dazu. Weißt du, Beckmann ist einer der Großen. Der Beckmann ist eine absolute Ausnahmeerscheinung. Für mich ist Beckmann beinahe eine persönliche Obsession. Der steht über den gewöhnlichen Leuten. Von Beckmann kann ich nicht einfach erzählen, wie du von einem deiner Kneipenkumpane erzählst.

Was hast du jetzt plötzlich gegen meine Kneipenkumpane? Hast wohl das Gefühl, der Beckmann hätte als Mensch irgendetwas gehabt, was meine Kneipenkumpane nicht haben?

Das weiß ich doch nicht. Ich hab ihn ja nicht gekannt.

Dann mach bitte meine Kneipenkumpane nicht runter. Von mir aus darfst du alles sein, Louis, aber werd bitte nicht elitär.

Du weißt schon, wie ich es meine.

Und was sagst du zu Vallotton?

Wie kommst du jetzt auf Vallotton?

Keine Ahnung. Ich frag einfach so. Es gibt doch den Maler Vallotton, Franzose oder Westschweizer oder beides. Kürzlich hab ich ein Bild von dem gesehen und hab mir gedacht, das nächste Mal, wenn du den Louis siehst, fragst du ihn ein bisschen über den Vallotton aus. Was hältst du von ihm?

Von Vallotton reden wir ein anderes Mal. Der ist ein Kapitel für sich.

Später hätte ich nicht mehr genau sagen können, weshalb, aber an diesem Punkt habe ich gemerkt, dass Louis nicht so gesprächig war. Ich wusste nicht, ob es was mit mir zu tun hatte oder mit Fanny, die vorher lange bei Louis war, oder mit irgendwas ganz anderem. Auf jeden Fall spürte ich, dass ich Leine ziehen sollte, und so machte ich einen unkomplizierten Abgang und hatte das Gefühl, Louis käme es gelegen, alleine sein zu können.

3

Am darauffolgenden Samstag half ich Louis bei der Vernissage. Sie fand in so einer umgebauten Mühle statt, die jetzt ein Kulturhaus ist. Sieht von außen super aus, aber innen ist sie nicht optimal für eine Bilderausstellung. Zu viele schwere Möbel stehen im Weg. Für eine Dichterlesung oder ein Theater oder ein Konzert wäre diese Kulturmühle auch nicht optimal. Eigentlich ist sie für gar nichts optimal. Schon allein den Hausmeister so weit zu bringen, ein paar Tische umzustellen, dass es Platz gibt für die Musik und man irgendwo Getränke bereitstellen kann, alleine dies ist ein Projekt für sich. Bei gewissen Kulturhäusern könnte man den Eindruck kriegen, der Hausmeister sei der Präsident und alle anderen müssten nach seiner Pfeife tanzen. Mir wurde sofort klar, dass man bei so einem Typen psychologisch vorgehen muss, sich ständig entschuldigen, immer zwei Mal bitten, immer unterwürfig bleiben, den Kopf schön unten halten, immer Danke sagen und so weiter. Und doch, dachte ich, alles hat seine Grenzen.

Jaaa, klar, jaaa, sowieso, klar stellen wir am Schluss alles wieder an den angestammten Platz. Jaaa, selbstverständlich, Sie haben recht, wir hätten selbst daran denken sollen, eine Kabelrolle mitzunehmen, ein richtiger Anfängerfehler, nicht wahr, so lernt man. Jaaa, klar hinterlassen wir keine Sauerei in der Küche, jaaa, ich werde darauf achten, klar. Doch, doch, ich kann es mir bestens vorstellen, dass es für einen Hausmeister nicht immer einfach ist, mein Onkel war über dreißig Jahre Schulhausmeister im Hinterland von Luzern. Der erzählte mir oft, was das heißt, dieser Onkel. Hausmeister ist kein Zuckerschlecken, natürlich nicht. Gerade jetzt, wo alle Gemeinden auch noch sparen müssen, da sie überall mit den Steuern runtergehen. Aber eben, die Arbeit muss trotzdem jemand machen und der Druck wird einfach von oben nach unten weitergegeben. Oben heißt es New Public Management und unten heißts mehr malochen für weniger Lohn. Doch, doch, ich kanns mir lebhaft vorstellen, echt. Und danke, dass Sie sich Zeit nehmen.

Es war anstrengend, Heucheln und den Buckelmachen ist immer anstrengend. Aber wenigstens hingen die Bilder gut. Typische Louis-Brunner-Bilder. Eine neue Serie, das schon, aber die Motive und Farben waren unverwechselbar. Erotische Szenen mit elegant angezogenen Männern und kaum angezogenen Frauen, Maskerade, Tanzszenen und immer wieder Anspielungen auf den Tod. Erotik und Tod. Tod und Erotik. Und doch: Kein einziges Bild, bei dem man hätte sagen müssen, es sei langweilig oder austauschbar.

Auf der Einladung stand vier bis sieben. Um vier Uhr war kaum noch jemand da. So einer von einem lausigen Lokalblatt stellte sich schon mal schüchtern neben das Buffet. Ich drückte ihm gleich ein volles Glas Weißwein in die Hand, damit er wusste, was er zu tun hatte. Dann hielt dieser Journalist vor jedem Bild seinen Kopf so eigenartig schief, als würde es etwas an Louis' Bildern geben, das man nicht richtig sieht, wenn man gerade draufschaut. Das ewige Kopfdrehen muss ihn durstig gemacht haben. Auf jeden Fall trank er seinen Weißwein relativ zügig aus.

Wollen Sie noch etwas Weißen?

Oh gerne, wenn Sie so fragen.

Und, kann er was?

Der Wein? Doch, ausgezeichnet, danke, er hat gerade die richtige Säure. Was ist es? Ein Chardonnay?

Sieht fast danach aus. Auf der Flasche steht jedenfalls Chardonnay, dann können wir wohl davon ausgehen, es ist auch einer.

Und Sie, sind Sie Louis Brunners Assistent?

So was Ähnliches. Aber Ihr Glas ist ja fast leer. Ich schenke Ihnen noch einmal nach.

Um halb fünf zog es etwas an, Geri entlockte seiner Trompete einige Jazzklänge, dezent, aber präsent.

Die Gäste drängten sich immer weiter nach hinten, und um fünf war der Raum gestopft voll. Ich kam kaum nach mit Einschenken. Louis stieß zwei Gläser aneinander und sagte, er bitte um Aufmerksamkeit. Dann sagte er noch, er freue sich sehr, so viele bekannte und unbekannte Gesichter zu sehen, und es sei ihm eine Ehre, und was man halt zur Eröffnung einer Ausstellung so alles sagt. Er machte es gut, klar und kurz.

Danach stellte er den Hugentobler vom *Tagblatt* vor und sagte, es gäbe noch eine kurze Ansprache. Die Leute applaudierten, und Hugentobler wartete, bis es wieder einigermaßen still war. Danach schaute er in die Runde wie einer, der von sich denkt, er sei wichtig.

Sehr geschätzte Kunstfreundinnen und Kunstfreunde, begann er in einem schleppenden Hochdeutsch, das du in braune Fläschchen hättest abfüllen und in der Apotheke als Schlafmittel verkaufen können. Wir sind hier und heute zusammengekommen, um uns an den neusten Werken unseres langjährigen Freundes und allseits bewunderten Künstlers Louis Brunner zu erfreuen. Die Ausstellung, deren Vernissage zu feiern uns allen heute hier vergönnt ist, trägt den stimmigen Titel *Boîtes de nuit*. Ein wunderbarer Ausstellungstitel, der in seiner Fremdsprachigkeit und in seiner augenzwinkernden Anspielung auf die Vorliebe Brunners für das Pariser Nachtleben bereits einen Fächer an Assoziationen für uns öffnet. Ich werde darauf noch zurückkommen. Louis Brunner, der 1947 in Olten zur Welt kam, geriet in jungen Jahren beinahe unverhofft in die Fänge der Malerei. Nicht unberührt von den gesellschaftlichen Veränderungen der späten Sechzigerjahre, zog es Louis Brunner in eine Kunstszene, die zu jener Zeit auch und gerade in der Stadt Olten durchaus eine gewisse Lebendigkeit und ein nicht zu unterschätzendes Rebellionspotenzial ausstrahlte. Man denke nur an den verlorenen Kampf gegen den Bau des Atomkraftwerks in Gösgen, der sich letztlich als quijotesker Kampf gegen Windmühlen entpuppte.

In den ersten zehn Minuten verhielten sich die Leute noch einigermaßen ruhig. Hugentobler erzählte noch was von der Gleichzeitigkeit der inneren und äußeren Bewegung im bildlichen wie im kompositorischen Ausdruck. Einige der Besucher blickten zu Boden, andere schauten ihre Fingernägel an. Sogar an dem Punkt, als er was über ausgesprochen ausgeprägte Farblichkeit und Stofflichkeit bei gleichzeitiger Zuwendung zum gleichsam Realitätsverneinenden sagte, war es noch einigermaßen still im Raum. Aber als die Leute zu realisieren begannen, dass das mit dieser Ansprache kein Ende nehmen wollte, wurde es dann doch unruhig. Einer, der vor mir stand, so ein Architekt aus Olten, der immer schwarze Rollkragenpullover trägt, aber sonst eigentlich ein angenehmer Typ ist, sagte leise zu seiner Begleiterin, er hoffe doch, dass dieser Schwätzer dort vorne endlich mal einen Punkt setzen könne. Sie nickte, und noch einmal zehn Minuten später machte ich den Versuch, wenigstens ein paar Sätze lang richtig zuzuhören. Er wolle zusammenfassen, sagte Hugentobler. Bravo. Zusammenfassen. Das hättest du gleich von Anfang an machen können, dachte ich. Und noch mal zehn Minuten später fand Hugentobler dann tatsächlich ein Ende.

Der Applaus war ein Zeichen allgemeiner Erleichterung. Danach redeten alle durcheinander, sodass man wieder befreiter atmen konnte.

Ich hatte gerade alle Hände voll zu tun mit Ausschenken und Nüsschengläser auffüllen. Hinter Hugentobler sagte eine Frau zu ihm, dass sie ihm noch stundenlang hätte zuhören können. Solche Heucheleien sind pures Gift, dachte ich, wenn ihm das noch viele andere sagen, wird es nie was mit Hugentoblers Rhetorik.

Geri trompetete wieder was, schön, langsam, mit Gefühl, aber trotzdem präzis. Die Stimmung war locker. Und wie ich mich umdrehe, um ein neues Glas aufzufüllen, steht sie direkt vor mir, die schöne Fanny! Ich bringe keinen Ton raus, aber sie, sie sagt Danke. Ganz normal und so, als wäre nichts dabei. Dann geht sie wieder Bilder anschauen.

Ich atme kurz durch und warte, bis mein Puls etwas runtergeht. Als ich ruhiger werde, sehe ich, dass ihr Glas schon fast leer ist. Ich mache eine Runde, um überall nachzuschenken, und als ich bei ihr ankomme, diesmal einsatzbereit wie die Berufsfeuerwehr, frage ich sie, ob ich nachschenken dürfe.

Oh ja, das ist lieb. Danke.

Kein Problem. Ist mein Job.

Sie schaut mich etwas genauer an, und ich hasse mich bereits, weil ich kein schöneres Hemd angezogen und mich nicht besser gekämmt habe, als ich aus dem Haus ging.

Nicht wahr, wir haben uns mal in der Von-Roll-Straße gesehen, vor Louis' Haus, oder täusche ich mich?, fragt sie. Und ihre Stimme jagt mir erneut den Puls hoch.

Voilà, du bist mir auch bekannt vorgekommen. Ich hätte nicht genau sagen können, woher, aber jetzt, da du es erwähnst, sage ich so sachlich wie möglich. Na, ich wollte ja nicht direkt sagen, ich wüsste auf den Millimeter genau, wann und wo ich sie gesehen habe, und dass ich seither nicht mehr der gleiche Mensch bin. Wer weiß, vielleicht hätte ich genau das sagen sollen.

Bist du ein Bekannter von Louis?

Mehr noch! Wir kennen uns schon eine halbe Ewigkeit. Wir sind auf eine Art künstlerisch verwandt.

Du bist auch Maler?

Nein, Schriftsteller.

Ich erwarte, dass sie gleich nachhakt und wissen will, was ich schreibe und seit wann und ob man eigentlich vom Schreiben leben kann und woher ich meine Ideen nehme und ob ich schon immer geschrieben habe und all die Dinge, die andere immer sofort fragen, wenn man sagt, man sei Schriftsteller. Aber sie, Fanny, fragt nichts von alldem und sagt nur:

Wir haben uns gar nicht vorgestellt. Ich bin Fanny.

Freut mich, Fanny. Mich nennt man Jackpot, aber eigentlich heiße ich Frank. Und du, Fanny, woher kennst du denn den Louis?

Er malt mich manchmal.

Erst jetzt dämmert es mir, dass ich eine saublöde Frage gestellt habe und dass sie auf die bestmögliche Art geantwortet hat. Er malt mich manchmal. Das klang so selbstverständlich und unverfänglich, wie wenn sie gesagt hätte, er sei ihr Großvater.

Ich tue, als müsse ich nachdenken. Zuerst sage ich, dass mich das freut und es seltsam ist, dass mir Louis nie etwas erzählt hat, weil sonst erzählt er mir immer alles. Danach frage ich, ob sie schon seit Längerem als Modell arbeite und ob man was verdiene in diesem Beruf.

Fanny lacht und sagt Nein, stell dir vor, Nein, ich studiere Kunst. Ein anderer Maler, einer, der ab und zu an unserer Schule Freihandzeichnen unterrichtet, hat mich gefragt, ob ich mal für ihn Modell stehen würde, und er hat mich später an Louis weiterempfohlen. Du kennst ihn vielleicht, er heißt Grunder.

Der Grunz? Klar kenn ich den! Der Grunz und ich, wir sind eine Art philosophischer Zirkel, die kleinste Kleinklasse von Olten. Grunder ist für die ganze Welt eine Inspirationsquelle, aber für mich im Besonderen. Eigentlich wollte er heute auch kommen, aber ich hab ihn bis jetzt noch nirgendwo gesehen.

Er ist im Spital.

Jetzt hör aber auf, Fanny. Sag so was nicht! Der Grunz im Spital? Das darf nicht wahr sein! Was fehlt ihm denn?

Ich glaube, er hatte einen Zusammenbruch, so eine Art Kollaps. Aber es geht ihm scheinbar schon etwas besser. Ich werde ihn morgen besuchen.

Nimmst du mich mit?

Gerne, wenn du willst. Ich hatte vor, so um zwei Uhr vorbeizugehen.

Ich warte um zwei vor dem Spital, sage ich und mische mich sofort mit meinen Flaschen unter die Leute, ohne eine Antwort abzuwarten. Es ist höchste Zeit, denn Louis macht von Weitem ein Zeichen, ich solle nachschenken.

Die Vernissage dauerte länger als vorgesehen. Das hängt immer von den Getränken ab. Solange gut ausgeschenkt wird, gehen die Leute nicht nach Hause. Außerdem hatte Geri an der Trompete einen klasse Flow. Schön melancholisch, gut im Rhythmus. Das half auch.

Hugentobler vom *Tagblatt* fragte mich noch, wie ich seine Ansprache fand. Interessant, sagte ich, obwohl sie genau das nicht war. Aber in diesem Moment bauchpinselte ich den Langweiler gerne ein wenig, weil es mich wahnsinnig euphorisierte, mit Fanny endlich ein paar Worte gewechselt zu haben. Und noch viel besser, ich hatte am nächsten Tag eine Verabredung mit ihr. Geradeheraus und ohne Umweg. Zwei Uhr vor dem Spital! Vor dem Spital ist fast wie vor der Kaserne. Vor der Kaserne, vor dem großen Tor, stand eine Laterne und steht sie noch davor, so wolln wir uns da wiedersehn, bei der Laterne wolln wir stehn, wie einst Lili Marleen, wie einst Lili Marleeeeeeen.

Sie verabschiedete sich sogar noch, als sie ging, hätte sie ja nicht müssen, denn wenn so viele Leute da sind, kannst du ja nicht jedem einzeln Auf Wiedersehen sagen, wenn du gehst, aber mir, mir sagte sie Tschüss und Bis morgen und also, um zwei Uhr vor dem Spital und sie freue sich, und ich hatte das Gefühl, sie habe es von Herzen gesagt, von Herzen und mit dieser Stimme, die mich extrem nervös machte.

Die Stimmung ist noch immer perfekt, als wir die leeren Flaschen und das Geschirr bei Louis ins Auto laden. Louis freut sich, dass die Vernissage so gut gelaufen ist, und ich, ich schwebe sowieso einige Zentimeter über dem Boden.

Was sagst du, Jackpot? Wenn das keine perfekte Vernissage war, dann soll mir jemand sagen, was es sonst war. Heute hat wirklich mal alles gepasst.

Alles außer dem Hugentobler, diesem alten Leierkasten. Ich hab schon gedacht, er findet den Ausgang nicht mehr, habe sich verlaufen im Labyrinth seines langweiligen Gelabers.

Das war schon in Ordnung. Man darf es den Leuten auch nicht zu einfach machen. Sie sollen denken, die Rede war anstrengend, dafür sind die Bilder umso kurzweiliger.

Nicht durchdrehen, Louis, nur nicht durchdrehen! Jackpot hat absolut recht. So eine Rede kannst du nicht bringen. Das ist eine Zumutung für alle, die es gut meinen. Dieser Hugentobler konnte nicht mehr aufhören. Und wenn du morgen irgendjemand, der da war, fragst, was er gesagt hat, hat keiner mehr eine Ahnung.

Das war Geri, der seinen Instrumentenkoffer und die Verstärkeranlage rausbringt. Und ich dopple dankbar nach.

Nichts gegen langweilige Ansprachen, aber sie dürfen nicht unendlich lange dauern. Das ist auch eine

Art Arroganz, vor einem Publikum zu stehen und die eigene Wichtigkeit ernster nehmen als das, was man zu bieten hat.

He, Bursche, nicht so negativ! Hugentobler stellt sich wenigstens zur Verfügung, etwas zu sagen. Und er hat sich seriös vorbereitet. Das ist nicht selbstverständlich.

Klar hat er sich zur Verfügung gestellt. Das ist auch sehr schön. Dagegen ist nichts einzuwenden, sagt Geri. Hugentobler ist wohl ein wunderbarer Mensch mit verschiedensten Begabungen, leider gehört Reden in der Öffentlichkeit nicht dazu. Die Sprache ist nicht seine Kernkompetenz. Aber bei dem Blatt, bei dem er arbeitet, geht es ja auch nicht um Sprache, sondern um die Farbe der Fotos.

Genau, die Farbe der Fotos ist alles, was die interessiert, aber nicht mal das kriegen sie hin, sagte ich, und Geri musste lachen.

Louis mochte offensichtlich nicht mehr streiten. Er wechselte jedenfalls das Thema und fragte uns, ob uns die Felsenburg recht sei, weil er, er lade uns nun zum Abendessen ein.

Die Felsenburg wurde ohne Gegenstimme angenommen, und eine Stunde später hatten wir alle große Fleischstücke und hausgemachte Nudeln vor uns auf dem Teller. Und außerdem schütteten wir einen Rotwein rein, nicht irgendeinen Rotwein, nein, einen, der einem das Gefühl gibt, es könne einem nie wieder schlecht gehen im Leben und die Welt sei ein wunderbarer Ort und Olten erst recht.

Geri ist nicht nur Trompeter. Er ist auch ein angenehmer Tischgenosse, der wunderbar erzählen kann. Und wenn er über andere redet, sagt er über alle immer nur Gutes, sogar über die, die er kritisiert. Würde er sich mehr um sich selbst kümmern, könnte er längst ein internationaler Starjazzer sein. Doch es ist ihm fast wichtiger, mit angenehmen Leuten zusammen an einem Tisch zu sitzen und eine gute Zeit zu verbringen. Louis und mir hat jedenfalls schon manch einer erzählt, welch großartige Angebote und Mitmusiker Geri im Laufe seiner Karriere bereits hatte. Und auch, wie Geri allerbeste internationale Tourneeangebote abgelehnt hat, ohne richtigen Grund, nur einfach so, weil er gerade keine Lust hatte oder weil er seine Musikerkollegen aus Olten nicht alleine lassen wollte. Nur er selbst erzählt so was nie. Er macht einfach das, was er will. Punkt.

Sag mal, Geri, was steht bei dir so an, hast du was Neues im Ofen?, fragt Louis.

Nichts Abartiges. Im Moment eine kleine Tour mit einem Quartett, Langenthal, Aarau, Brugg, Baden, Zürich, Schaffhausen, Frauenfeld und Konstanz, falls ich nichts vergesse. Dann eine Woche später drei Gigs mit ein paar Westschweizern in La Chaux-de-Fonds und einen in Morges und eventuell noch in Porrentruy. Sind echt alles Koryphäen, die Welschen, jeder ein Meister für sich, obwohl sie meine Kinder sein könnten, altershalber. Das Problem ist nur, dass finanziell wieder mal gar nichts rausschaut. Wir haben fünf Stiftungen angeschrieben, keine hat reagiert.

Jazz ist wie Lyrik, wage ich zu behaupten. Sehr anspruchsvoll, sehr tief, aber kein Schwein interessierts.

Musst nicht übertreiben, Jackpot!, sagt Louis.

Ich übertreibe nicht, sag nur, was dir jeder bestätigen kann, guter Jazz ist wie bei Armen betteln. Das ist Perlen vor die Säue geworfen. Ich kenne Jazzmusiker, die haben mehr Preise gewonnen, als je Zuhörer gehabt. Viel malochen für wenig Ertrag, es ist also mehr oder weniger das Gegenteil von Wetten.

Nun gut, Jackpot, du musst auch nicht überdramatisieren. Bis jetzt bin ich nicht verhungert, sagt Geri und legt sich nicht ohne Stolz die Hände auf den Bauch.

Vor allem verdurstet bist du nicht.

Gutes Stichwort. Sergio, wir nehmen noch so eine Flasche, bitte schön. Ja, sei so gut, noch mal vom selben, der rutscht gut runter. Und nein danke, kein Wasser, Wasser haben wir noch. Wir wollen es nicht übertreiben mit dem Wasser. Mein Arzt sagt immer, alles ist erlaubt, aber alles mit Maß!

Louis hat sich nicht lumpen lassen. Er bestellte als Nachspeise Käse, damit wir einen Vorwand hatten, noch mehr Rotwein zu vernichten.

Beim Käse erzählte Geri noch von einem Konzert,

zu dem ihn die Pro Helvetia nach Salamanca eingeladen hat. Eine herrliche Stadt! Gott, war das eine schöne Reise. Ich bin wegen dem Käse darauf gekommen. Wir Schweizer haben ja immer das Gefühl, wir hätten den besten Käse der Welt. Aber geh mal nach Spanien Käse essen!

Oder nach Italien!, sagte Louis.

Oder nach Frankreich!, sagte ich.

Vive le fromage! Viva il formaggio! Viva el queso! Ein Prost auf alle Käse! Auf alle Ziegen! Auf alle Schafe! Und auf alle Kühe und Büffelkühe! Ein Prost auf alle Käser zu Hause und in der Fremde!

Wir wurden so laut, dass der Wirt zu uns kam, um zu fragen, ob irgendwas nicht stimme.

Im Gegenteil, Sergio, im Gegenteil! Wir feiern gerade die Käsekultur Europas.

Als wir die Felsenburg verließen, hatten wir alle etwas Seegang, und draußen umarmten wir uns zum Abschied, als würde jeder von uns zu einer großen Reise aufbrechen. Dabei ging jeder nur nach Hause, um zu pennen, weil mit so viel Fleisch und so viel Rotwein im Magen ist Schlafen die einzige Aktivität, die nicht noch müder macht.

Ein Schiff wird kommen und meinen Traum erfüllen und meine Sehnsucht stillen, die Sehnsucht mancher Nacht. Und jetzt bist du da, und ich halt dich in meinem Arm, gib mir noch einen Zug von deiner Zigarette.

Ich wankte vorsichtig nach Hause. Ein Schiff wird kommen. Ein Schiff wird kommen. Und die See war stürmisch, aber hinten am Horizont begann es schon, ein wenig zu leuchten.

4

Den Sonntagmorgen schlug ich mit Statistik tot. Ich rechnete die ganze Zweite Bundesliga durch, um zu schauen, wie viele Tore jede Mannschaft auswärts macht und wie viele daheim. Jemand, der sich nicht dafür interessiert, fragt sich vielleicht, was das bringt. Aber wenn man wettet, ist die Statistik ein entscheidender Wegweiser. Die Statistik ist der Boden und die Wahrscheinlichkeit das Bäumchen, das auf diesem Boden gedeiht. Viele wissen gar nicht, wie rational Wetten eigentlich ist. Sogar ich, der ich eine Ahnung vom Wetten hab, unterschätze immer wieder die mathematische Seite der ganzen Sache.

Als ich fertig war, studierte ich die Sonntagszeitungen und führte meine Tabelle, in der ich jede Woche von jeder Mannschaft der beiden obersten Ligen notierte, in welcher Minute sie Tore geschossen hatten. Ende der Saison werde ich die Tabellen auswerten, und weiß genau, wer eher früh und wer eher spät Tore schießt. Kann man gut brauchen, wenn man wettet.

Irgendeinmal war es dann endlich Zeit, um ins Spital zu gehen. Ich überlegte mindestens eine Viertelstunde, welche Schuhe, welche Hose, welches Hemd und welche Jacke ich anziehen sollte. Es sollte nach Zufall aussehen, als wäre kein Plan dahinter, als würde es einfach von selbst passen. Aber genau in dem Moment, also genau dann, wenn man zufällig angezogen aussehen will, muss man vorher gut überlegen, was man auswählt. Mein Ziel war, dass Fanny später nicht genau sagen könnte, was ich anhatte, was gleichzeitig auch bedeuten würde, dass ich nicht angezogen war wie ein Depp, aber auch nicht wie ein eitler Geck. Außerdem packte ich noch ein Buch ein für den Grunz, das ich passend fand, um es im Spital zu lesen, weil es nicht allzu depressiv war und weil es rein gar nichts mit Krankheiten und Psychoproblemen oder so zu tun hatte.

Fanny wartet schon im Eingangsbereich und hat bereits einen Zettel in der Hand, auf dem steht, auf welchem Stock und in welchem Zimmer der Grunz liegt. Wie sie mich kommen sieht, begrüßt sie mich, als würden wir uns schon seit immer kennen. Das gibt mir sofort die innere Ruhe, dass ich sie ebenfalls so begrüßen kann.

Danach schaue ich sie an, und es ist wie Zauberei. Ich öffne den Mund, um etwas zu sagen, aber bringe keinen Ton raus, als wären mir innerhalb einer Zehntelsekunde die Stimmbänder abgefault.

Was sagst du, Frank? Ich verstehe kein Wort.

Ich schaue sie stumm an, so, dass sie lachen muss. Und wie sie lacht, finde ich meine Stimme wieder und sage, ich hätte gar nichts gesagt außer Hallo Fanny, und Wie gehts. Und wenn ich wählen darf, wäre es mir lieber, du würdest mich Jackpot nennen, denn Frank nennt mich nur meine Mutter und das reicht auch.

Wir nehmen den Aufzug, aber oben vor Grunz' Zimmer bittet uns ein junger Krankenpfleger, einen Moment draußen zu warten, es sei gerade Arztbesuch. Wir stehen in diesem langen Korridor und mustern uns ein wenig. Am liebsten hätte ich ihr Gesicht in beide Hände genommen und es an mich gedrückt. Nur, wer macht so was in einem solchen Moment? Ich auf keinen Fall. Da würde jede Frau der Welt annehmen, ich sei nicht ganz dicht. Und wahrscheinlich hätte sie sogar recht, wenn sie das denken würde.

Alles gut, Sie können den Herrn Grunder nun besuchen.

Das war wieder dieser junge Pfleger, alles in allem ein ziemlich seltsamer Typ. Was willst du, wenn du im Spital bist, hast du nicht groß die Wahl, mit wem du es zu tun haben willst. Wir klopfen an und gehen rein.

Ich hatte mir vorgestellt, der Grunz liege bis oben zugedeckt und voller Infusionen bleich wie ein Käse im Bett. Aber er sitzt im Trainingsanzug an einem

Tischchen und malt mit Wasserfarben eine Landschaft.

Er strahlt und sagt, er freue sich sehr, dass wir gekommen sind, und er habe gar nicht gewusst, dass Fanny und ich einander kennen. Es tue ihm leid, dass er sich in so einem desolaten Zustand befinde.

Ganz im Gegenteil, Grunz, du siehst munter aus. Man könnte fast schon behaupten, du schaust aus wie ein junger Wolf.

Hör auf mit jungen Wölfen, Jackpot, du triffst mich an einem moralischen und ästhetischen Tiefpunkt an.

Hör auf, hör auf, du arbeitest ja bereits wieder!

Das ist nichts, nur eine kleine Fingerübung, um die Zeit totzuschlagen.

Schau, ich hab noch was für dich.

Grunz muss seine Arme ausstrecken, damit er den Titel lesen kann: *Diesseits und jenseits vom Mittelstreifen* – Bukowski-Gedichte, ach so, klingt gut, klingt topp, das lese ich gerne. Danke.

Es ist auch gut, freu dich drauf, das ist eine Lyrik, die einfährt wie ein großer Pernod auf nüchternen Magen. Aber leg es nur weg, du kannst es nachher lesen, jetzt gehn wir erst mal auf einen Kaffee.

Guter Plan. Gebt mir noch fünf Minuten, dann kann ich mich wenigstens einigermaßen anständig anziehen.

Fünf Minuten später sind wir zu dritt unterwegs zur Cafeteria. Grunz trägt eine elegante, dunkelblaue

Hose mit Nadelstreifen. Außerdem rote Hosenträger, ein weißes, frisch gebügeltes Hemd, eine Weste und um den Hals einen Seidenschal. Dazu rahmengenähte, halbbraune Lederschuhe, frisch poliert.

Verdammt, Grunz, du hast ja immer noch Style.

Es ist ja schon schlimm genug, dass alle anderen Schlawiner hier im Trainingsanzug rumlaufen. Krank sein soll doch nicht heißen, dass man sich total gehen lassen muss.

Schön gesagt, meint Fanny, und ich hätte in diesem Moment nichts anderes sagen können. Das Einzige, was mich etwas stresst, ist, dass Fanny Grunz am Arm hält, als könnte er ohne sie nicht gehen. Ich war mir fast sicher, dass Grunz perfekt zu Fuß gehen könnte. Trotzdem frage ich ihn, ob es gehe und ob ich ihn auf der anderen Seite stützen solle.

Hör auf, Jackpot, Fanny stützt mich nicht, sie will nur rausfinden, ob ich noch Fleisch an den Oberarmen habe oder ob ich bereits ein Geisterwesen bin. Stimmts, Fanny? Dann lacht er, wird aber gleich wieder ernst und sagt, es sei alles nicht schlimm. Ehrenwort, es ist nur ein psychologisches Tief, das mir etwas auf den Kreislauf gedrückt hat. Ginge es nach mir, wäre ich schon längst wieder zu Hause.

Aber wegen irgendwas haben sie dich wohl hierbehalten. Normalerweise schicken sie jeden nach Hause, der einigermaßen ansprechbar ist.

Ja, der Professor hat gesagt, ich müsse definitiv mit dem Rauchen aufhören. Sie müssen noch ein paar Untersuchungen vornehmen. Klar sei, dass ich schon so ein Dings habe. Die Lunge wird nicht mehr gut, aber wenn ich aufhöre, zu rauchen, wird es wenigstens nicht mehr schlimmer.

Und was machst du jetzt?

Ich muss. Was soll ich sonst? Sie helfen mir. Es gibt hier ein extra Entwöhnungsprogramm. Ich habe keine Wahl. Wenn ich weiterrauche, klappe ich gleich wieder zusammen. Der Spezialist hat gesagt, ich hätte eine Lunge wie eine Pappschachtel.

Das nennt man Emphysem.

Danke, das weiß ich selber.

Aber du hast ja schon lange gewusst, dass du nicht mehr rauchen darfst. Hattest du nicht dauernd ein schlechtes Gewissen, wenn du dermaßen viel geraucht hast, obwohl dein Hausarzt schon vor ewigen Zeiten gesagt hat, du müssest aufhören?

Ich hatte mein Leben lang ein schlechtes Gewissen. Ein schlechtes Gewissen ist ja das Schönste, was es gibt. Das schlechte Gewissen ist mein Lebenselixier. Bist du nicht auch katholisch? Dann solltest du wissen, dass das schlechte Gewissen und das Vergnügen immer zusammengehören. Ich habe gesündigt in Gedanken, Worten und Taten, der Herr erbarme sich.

Grunder lacht herzhaft, so gut es mit seinem knappen Atem geht. Wie er wieder einigermaßen Atem geschöpft hat, fragt er, was wir wollen, er hole was.

Fanny und ich sagen fast gleichzeitig einen Kaffee, und Grunz nimmt ein Schweppes Tonic.

Ich sah, dass Fanny sich Sorgen um Grunz machte, und versuchte, etwas Lockerheit in die Situation hineinzubringen. Deshalb sagte ich so Müll, den man sagt, wenn man jemanden im Spital besucht. Grunz ist zäh wie Handschuhleder. Er ist ein Kämpfer. Die Medizin ist erstaunlich weit, gerade wenn es sich um Lungendinge dreht. So einen wie ihn haut nichts so leicht um, und so weiter. Aber Fanny war nicht zu beruhigen. Sie fragte immer wieder, ob alles gut sei, ob er an die frische Luft wolle, ob er ein Taschentuch brauche, ob sie ihm was zu essen holen solle. Ob er denn gar keinen Appetit habe.

Es ging so weit, dass ich plötzlich eine Art schlimme Eingebung hatte. Haben Fanny und Grunz irgendwas, das sie zusammenbringt? Etwas, das mehr ist als gegenseitige Sympathie? Hatten sie mal was? Oder noch immer? Dieser Gedanke schlich sich nur kurz durch meinen Kopf, wie ne Wolke, die an einem klaren Tag ein paar Sekunden vor der Sonne hängt. Aber diese Sekunden schmerzten mich zutiefst. Und nicht einmal das Wissen, dass Grunz weit über sechzig oder sogar siebzig ist und sie, Fanny, höchstens knapp über zwanzig, vermochte mich zu beruhigen. Fragen konnte ich die beiden kaum. Also musste ich einfach so tun, als hätte ich keinerlei solche Gedanken gehabt.

Alles gut bei dir, Frank?

Alles sehr gut. Und nenn mich bitte einfach Jackpot. Weshalb fragst du?

Ich hatte nur das Gefühl, du seist so still.

Das liegt in meiner Natur. Sobald eine Gesellschaft groß ist – und ab drei Personen ist sie groß –, ziehe ich mich emotional zurück. Meine Spezialität sind die eher kleinen Gesellschaften, also die bis zu zwei Personen.

Sie denkt ein paar Sekunden nach, dann nickt sie. Und mir ist es, als wäre dieses Nicken ehrlich gemeint, als hätte sie mich verstanden. Ich schaue sie von der Seite an, und das Einzige, was ich in dem Moment denken kann, ist, dass Fanny wie eine Göttin ausschaut, und zwar wie die schönste Göttin, und dass ich keinen klaren Gedanken mehr fassen kann, solange sie neben mir sitzt.

Woher kennt ihr euch eigentlich?, fragt Grunz.

Wir kennen uns noch gar nicht, sage ich etwas zu schnell und erzähle danach alles, von Louis' Tür bis zur Vernissage am gestrigen Abend.

Da zieht Grunz etwas die Augenbrauen hoch, hält sich die Hand vor den Mund und sagt in seiner trockenen Art leise zu mir, ich solle Gott vor Augen halten und nicht den Kopf verlieren. Fanny spielt derweil mit einer Tüte Zucker. Es war eines dieser Säckchen mit berühmten Zitaten berühmter Leute. Versuchungen solle man nachgeben. Wer weiß, ob sie wiederkommen. Oscar Wilde. Fanny tut so, als würde sie gar nicht merken, dass Grunz mir was zugeflüstert hat. Klar hat sie es gemerkt, nur ist sie halt diskret.

Nach dem Besuch bei Grunder gehe ich mit Fanny durch die Stadt und überlege, wie ich die Zeit mit ihr noch etwas verlängern könnte.

Was hast du noch vor, Fanny?, frage ich sie.

Kommt drauf an. Eigentlich sollte ich nach Hause, um ein Projekt fertig zu machen, das wir morgen abgeben müssen. Eine Studie über einen Bauernhof, Tierskizzen. Aber wenn du einen besseren Plan hast, lass ich mich vielleicht überzeugen.

Es hätte mich interessiert, was für ein Projekt es war, das sie abgeben muss, von welchem Bauernhof und so weiter. Aber gleichzeitig überlege ich, dass es wohl schlauer wäre, das Projekt gar nicht mehr zu erwähnen, nicht, dass sie plötzlich sagt, es sei wohl besser, sie gehe jetzt daran arbeiten. Deshalb spiele ich direkt in den freien Raum, steil, sodass sie den Ball erlaufen kann.

Weißt du was? Im Kunstmuseum gibts eine Porträtausstellung, lauter Porträts von Malern aus der Region. Hast du sie schon gesehen?

Oh nein, genau die wollte ich mir anschauen. Komm, da gehen wir hin, sonst vergesse ich es wieder, und wenn ich das nächste Mal daran denke, ist die Ausstellung vorbei.

Das geht mir bei Filmen immer so. Es läuft ein Film, der mich interessiert. Ich nehme mir vor, ihn mir anzuschauen. Und wenn ich das nächste Mal daran denke, ist er bereits nicht mehr im Programm.

Genau, deshalb sag ich's ja, gehen wir, bevor wir es vergessen.

Ich war stolz wie Oskar, ich hatte die Idee, aber ich brachte sie so, dass es fast den Eindruck machte, als wäre es Fannys Idee gewesen, als hätte sie mich überreden müssen.

Das Museum war menschenleer und man hatte das Gefühl, die Frau an der Kasse halte es fast nicht für möglich, dass tatsächlich jemand zwei Tickets will. Wir gingen durch die Ausstellung, alles Porträts von Künstlern aus der Region, aber aus verschiedenen Epochen. Ich sagte absichtlich nicht, dass in einem Raum ein Porträt von mir hängt, das Grunder gemalt hat. Ich wollte schauen, ob sie es bemerkt. Natürlich bemerkte sie es. Sie freute sich zwar darüber, gab aber trotzdem Kritik ab. Sie fände die Einteilung nicht optimal. Oben zu viel Leere und unten zu detailreich. Vielleicht habe er es absichtlich so gemacht, vielleicht aber auch nicht. Doch die Hände, die habe er gut erwischt, die Hände seien das Beste am ganzen Bild, die Hände und die Augen. Das könne Grunder. Er habe ja viele Aktstudien von ihr gemacht und die Hände traf er immer perfekt.

Er hat eben den Greco studiert.

Warum Greco?

Weil er der Meister ist.

Es gibt viele Meister.

Aber keine, die so zarte Gesichter und Hände hinkriegen wie Greco. Vor allem Hände.

Bei den Gesichtern stimmt mir Fanny zu. Sie behauptet sogar, es gäbe Fotos von Bin Laden, die sie an ein Greco-Porträt erinnern würden.

Genau, Fanny, nun, da du es sagst! Das stimmt! Bin Laden sieht auf gewissen Fotos aus wie ein Heiland von Greco.

Das darfst du nicht zu laut sagen, das mit dem Heiland und Bin Laden, stell dir vor, wenn das ein Frommer zu Ohren bekommt.

Ich mein ja nur äußerlich. Aber ja, du magst recht haben. Vielleicht haben die Reformatoren deshalb Bilder verboten, damit es keine blöden Missverständnisse gibt.

Die Reformatoren haben Bin Laden nicht gekannt. Aber, Jackpot, sag mal, warum sagst du, er sei der Meister der Hände?

Ganz einfach, weil Greco das mit den Händen draufhatte wie keiner. Und Goya später, der mehr Mühe hatte, schöne Hände zu malen, und sich an jeder Hand lange abrackerte, legte die Preise seiner Porträts anhand der Hände und Gesichter fest. Je mehr Hände und Gesichter, desto teurer das Bild. Und wenn irgendein Reicher nicht recht zahlen wollte, porträtierte er ihn mit den Händen hinter dem Rücken. Du willst nichts lockermachen? Dich reut das Geld, du blaublütiger Geizhals? Du willst ein großes Porträt, aber dafür bezahlen willst du nicht wirklich? Gut, dann schau selbst, wo deine Hände nun sind. Hinter dem Rücken sind sie, du trauriger Klotzkopf! Voilà.

Echt?

Hundertpro. Das ist wahrer als wahr. Frag Louis. Ich habs von ihm.

Ich glaub dir's gerne. Doch schau noch mal deine Hände auf dem Bild an. Gregi ist echt the master of hands.

Ich glaube, ich spinne, wie ich höre, dass Fanny Gregi sagt. Gregi! Kein Mensch auf der ganzen Welt nennt Grunz so. Klingt völlig unseriös. Gregi für Gregor kannst du nicht bringen! Gregor ist ein Papst-Name. Was würde ein Papst sagen, wenn ihn jemand Gregi nennen würde? Nein, Gregi kannst du echt nicht bringen, denke ich. Gesagt habe ich nichts. Dafür frage ich, ob sie das mit dem master of hands nur auf die Kunst bezogen meine oder eher allgemein?

Das würdest du gerne wissen!, sagt sie und lacht.

Klar hätte ich das gerne gewusst! Gleichzeitig wollte ich es auch nicht wissen. Die Eifersucht ist ein Gift, das sich im ganzen Körper breitmachen kann, ähnlich wie eine Grippe, nur bleibt sie meist länger. Und wie bei der Grippe gibt es kein Mittel, das wirklich hilft. Deshalb versuchte ich, das Gift gar nicht an mich ranzulassen. Einer, der die Angelegenheit von außen betrachtet, würde nun vielleicht behaupten, ich hätte gar keinen Grund zur Eifersucht, da ich erstens keinen Anspruch auf Fanny habe und zweitens keine Ahnung, ob und was sie vielleicht mal mit diesem Grunz hatte oder nicht hatte. Das Problem ist nur, dass die Eifersucht völlig unabhängig von der Realität ist. Sie braucht keinen Grund. Man kann sie irgendwann irgendwie und irgendwo erwischen, und wenn sie in einem drin ist, dann muss man froh sein, wenn sie sich wieder verflüchtigt, bevor sie einen kaputt macht.

Sag mal, Fanny, ist es eigentlich nicht seltsam, so völlig nackt zu posieren?

Die Frage rutscht mir spontan heraus. Aber Fanny sträubt sich nicht, sie schaut nur kurz nachdenklich in die Ferne und schüttelt dann den Kopf.

Nein, es ist überhaupt nicht seltsam. Ich zeige mich gerne, jedenfalls jemandem, der genau schauen kann.

Oh, das ist ein Satz, den man sich merken muss. Meine Damen und Herren, liebe Freunde der gehobenen Kultur. Fanny zeigt sich denen gerne, die genau schauen können. Ich kann auch genau schauen. Sehr genau. Du kannst es dir nicht vorstellen, wie genau ich schauen kann!

Fanny schaut sich kurz um, um sich zu vergewissern, ob gerade niemand anderes in der Nähe ist, zieht ihr T-Shirt hoch und zeigt mir ein, zwei Sekunden ihre Brüste. Ich denk, ich seh nicht recht. Ich bin so überrascht, dass ich gar nicht richtig hinschauen kann.

Hey, Fanny!

Fanny was?

Zeig sie mir noch mal!

Ein anderes Mal vielleicht.

Wir redeten nicht mehr davon und schauten uns die ganze Ausstellung an, als wäre nichts gewesen. Später gingen wir in die Vario-Bar und hörten Musik. Denise spielte, eine, die ich schon lange kenne. Sie ist voll in Ordnung, hat eine gute Band und es war kurzweilig. Viele Improvisationen, gute jedoch, solche, bei denen man gespannt ist, wie es weitergeht. Nach dem Konzert nahmen wir noch ein Bierchen mit den Musikern. Fanny bestand darauf, dass sie nur genau eines nimmt. Sie sagte, jetzt muss ich unbedingt nach Hause, um zu arbeiten, sonst kann ich es am nächsten Tag nicht abgeben, und dann gibts ein Drama.

Was ist das für ein Projekt mit diesen Tieren vom Bauernhof?

Einfach Studien, Studien von Kühen, von Schweinen, von Ziegen, von Hunden, sehr viele Bleistiftskizzen, auch Details, zum Beispiel eine Pfote oder ein Ohr. Es geht wohl darum, dass wir Tiere zeichnen lernen. Aber wir müssen auch darüber schreiben.

Vor allem gibt es viel zu tun, und wie gesagt, morgen muss ich abgeben. Deshalb sage ich jetzt Tschüss zusammen, war schön mit euch.

Als sie »zusammen« sagte in die Runde, schaute sie nur mich an, großartig, topp! Und ich nahm noch ein paar Bierchen und tauschte mit den Musikern ein paar Eindrücke über das Konzert aus und freute mich. Die ganze Zeit hatte ich das Gefühl, die Mitmenschen sind lieb, das Bier gut, die Bedienung freundlich, der Abend schön und Fanny sei schön und überhaupt gibt es viel Schönes und Gutes auf der Welt.

Nein, Blödsinn! Ihr bezahlt jetzt mal gar nichts. Seid so gut und steckt die Geldbeutel weg. Diese Runde geht auf mich!

5

In dieser Nacht dachte ich lange über Fanny nach. Soll ich in die Offensive? Soll ich mal nach Bern vor diese Kunsthochschule, warten, bis sie rauskommt? Soll ich Louis noch mal über sie ausfragen? Soll ich den Grunz ausfragen? Soll ich nach Zofingen und mich etwas schlaumachen? Nichts von alldem! Warten, arbeiten und darauf vertrauen, dass sie was von sich hören lässt.

Am Montag hämmerte ich vier Seiten meines Romans in die Tastatur, locker. Jeden Tag vier Seiten, dann komme ich in fünfzig Tagen auf zweihundert, rechnete ich aus. Zweihundert Seiten ist eine vernünftige Länge für einen Roman. Alles darüber hinaus schreckt nur die Kundschaft ab. Ein Schriftsteller, der mehr als zweihundert Seiten braucht für ein Buch, hat keine Selbstkontrolle.

Doch, ja, im Minimum vier Seiten am Tag. Das war mein Vorsatz und ich fand es zu dem Zeitpunkt einen einfachen Vorsatz, weil ich ja die Geschichte, wie gesagt, schon komplett im Kopf hatte. Aber danach, als ich die ersten vier Seiten getippt hatte, merkte ich, dass es doch nicht so einfach werden dürfte. Zwar hatte ich den Faden, die Figuren, wusste eigentlich ziemlich genau, was alles zu geschehen hatte. Aber ich musste für die ganze Chose noch eine Sprache finden, eine, die läuft, eine, die gut klingt. Und das war alles in allem doch nicht ganz so easy zu bewerkstelligen, wie ich es mir vorgestellt hatte, denn die Sprache braucht Rhythmus, und der Rhythmus muss durchgezogen werden, damit man beim Lesen in einen Flow gerät. Und das ist ja wohl die Schwierigkeit.

Am nächsten Tag geriet ich jedenfalls bereits ins Stocken und nahm mir vor, noch einmal ganz von vorne anzufangen. Am dritten Tag war ich wieder bei Seite vier, dabei hatte ich nach drei Tagen zwölf Seiten geplant gehabt. Macht nichts, dachte ich. Cool bleiben, weitermachen. Nerven behalten. Bei der Sache bleiben. Danach geriet ich wieder ins Stocken. Begann noch einmal von vorne. Und so ist alles in allem die erste Woche durch, ohne dass ich genau sagen könnte, wie weit ich gekommen bin.

Es ist ähnlich wie damals, als ich im Gartenbau gearbeitet habe: Du weißt genau, dass aus diesem Büschchen mal ein Baum wird, und du weißt, was für eine Art Baum es werden wird. Du weißt, wie der Baum mal aussehen wird, wenn er ausgewachsen ist. Du weißt restlos alles über diesen Baum. Aber du brauchst extrem viel Geduld, denn er wächst nur gerade so schnell, wie ein Baum halt so wächst. Und du kannst nichts forcieren, höchstens ein klein wenig mit Dünger. Gut, es gibt Bäume, die schneller wachsen als andere, das schon. Aber innerhalb einer Sorte Baum kannst du kaum was künstlich beschleunigen. Und wollte ich nun meinen Roman mit einer Sorte Baum vergleichen, wäre er vom Gefühl her eine Art Weißtanne, also was, das im Vergleich zu einem Laubbaum eher schnell wachsen sollte, aber eben trotzdem auch seine Zeit braucht. Dieser Gedanke vermochte mich etwas zu beruhigen, und ich ließ die ganze Sache für unbestimmte Zeit liegen.

Von Fanny hörte ich die ganze Woche lang nichts. Das machte mich nervös. Ein, zwei Mal stellte ich mir vor, wie sie sich bei Louis auf dem Diwan rekelt. Wie Louis sagt, sie solle den einen Arm hinter den Kopf legen und den anderen einfach hängen lassen. Bleib locker, Fanny, aber bleib bei der Sache, schweife nicht ab mit den Gedanken. Und schau bitte, dass der Arm immer schön runterhängt. Es dauert nicht mehr lange, Fanny, ich bin gleich so weit.

Ich stellte mir vor, dass sie sich bei Louis irgendwann nach mir erkundigt. Sag mal, Louis, was ist eigentlich dein Kumpel, der Jackpot, für einer? Ich finde ihn irgendwie interessant, aber ich werde nicht so recht schlau aus ihm.

Und dann stellte ich mir vor, was Louis antworten würde: Sprich jetzt nicht, Fanny, bleib jetzt ganz im Moment.

Aber Fanny würde insistieren und sie würde wahrscheinlich sagen, sie brauche eh eine Pause. Sie würde sich vom Diwan erheben und Louis, galant wie immer, würde ihr in den Morgenmantel helfen. Und dann würde er sagen: Der Jackpot? Über den gibt es nicht wahnsinnig viel zu erzählen. Jackpot ist einfach Jackpot. Eines Tages war er plötzlich da und seither hat man das Gefühl, er sei schon immer da gewesen. Ab und zu hat er Glück beim Wetten und sonst lässt er sich von einem Bruder finanzieren, der, soviel ich weiß, in Basel einen guten Job in der Chemiebranche hat und der offenbar ziemlich großzügig ist. Wenn du ihn fragst, was er macht, sagt Jackpot ohne mit der Wimper zu zucken, er sei Schriftsteller. Aber außer ein paar seltsamen Kurzgeschichten in unbekannten Literaturzeitschriften und ein paar Gedichten hat er noch nie was publiziert. Oder doch, einmal vor Jahren, hat er ein kleines Buch im Eigenverlag rausgegeben, so eine überdrehte Geschichte von einem Hund, der auf der Autobahn ausgesetzt wird und dann über tausend Kilometer von der Ostsee in die Schweiz zurückfindet. Auf dem Weg passieren dem Hund die seltsamsten Dinge. Ist aus der Sicht des Hundes geschrieben, total wirr. War kaum lesbar. Ein himmeltrauriges Büchlein, echt. Das hat er jahrelang in jeder Kneipe verkauft, hatte immer ein paar Exemplare in der Tasche, wenn er einen saufen ging. Ich glaube, außer mir und ein paar wenigen Freunden hat ihm niemand eines abgekauft. Nicht der schlechteste Typ, dieser Jackpot, aber als Schriftsteller kannst du ihn gleich vergessen. Und Fanny, können wir jetzt bitte weitermachen, zu lange Pausen sind nicht gut, ich verliere die Konzentration und du auch. Leg dich noch einmal auf den Diwan und versuch, ganz natürlich zu bleiben, und geistig immer ganz bei mir, sonst gehts nicht.

Ich überlegte weiter, dass es natürlich auch sein könnte, dass Fanny sich weder nach mir erkundigt noch an mich denkt. Oder dass sie zwar fragt, aber dass Louis dann was ganz anderes erzählt, dass er zum Beispiel sagt, ich sei auf eine spezielle Art talentiert, ein verkanntes Genie, das früher oder später entdeckt werden muss, weil es einfach nicht möglich ist, dass einer, der dermaßen gut schreibe, längerfristig unentdeckt bleibt. Und dass es eine unbeschreibliche Ungerechtigkeit sei, dass viele dieser Guten nirgendwo sind, während viele Schlechte groß rauskommen. Bis jetzt hätte ich einfach viel Pech gehabt. Oder möglicherweise sagt er, ich sei ein lieber Freund und mehr gäbe es nicht zu sagen. Oder es könnte auch sein, dass er sagt, sie soll mich doch gleich selbst fragen, wenn sie wissen will, was ich für einer bin.

Ich ließ mir alle Varianten durch den Kopf gehen, und keine passte mir so richtig. Also beschloss ich, mit Nachdenken aufzuhören. Aber mach das mal bewusst, versuch mal ganz bewusst, nicht mehr zu denken. Das funktioniert nicht, weil auch der Gedanke, nicht denken zu wollen, gedacht werden muss.

Ich zog die Jacke an und überquerte die Aare, um bei Grunz zu klingeln. Niemand öffnete, aber das war auch nicht unbedingt nötig, denn die Türe stand sowieso offen. Ich streckte den Kopf rein und sagte halbleise: Grunz, Grunz, wo bist du? Bist du da?

Der Alte lag auf dem Rücken auf einer Matte, die Hände auf der Brust verschränkt, als sei er gestorben. Aber er war nicht tot, überhaupt nicht, er blinzelte etwas mit den Augen und sagte, er sei kurz eingenickt und ich soll nur reinkommen, er wollte eh gerade aufstehen.

Wie gehts dir, Grunder, hast du das Gröbste überstanden? Hast du wieder etwas Oberwasser?

Es geht gut, danke, erstaunlich gut. Wenn ich es mir genau überlege, geht es mir fast besser als vorher. Nur rauchen darf ich nicht mehr, und zwar endgültig. Viel gesünder werde ich zwar nicht mehr, sagte er, aber wenn ich auf mich aufpasse, wirds wenigstens nicht schlimmer.

Schaffst du's?

Es bleibt mir ja nichts anderes übrig. Sie geben mir viele Nikotinpflaster und Nikotinkaugummi. Ab nächster Woche muss ich zweimal pro Woche in so ne Suchttherapie zu einer Psychologin, zweimal Atemtherapie und jede Woche einmal zum Arzt. Sie haben ein regelrechtes Care-Team auf die Beine gestellt. Das Projekt Gregor-Grunder-Rauchfrei wird ein medizinhistorischer Meilenstein. Du wirst sehen, das geht in die Geschichte ein.

Hast es verdient, Grunz. Ich meine, es lohnt sich sicher. Denn wir brauchen dich noch eine Weile.

Wer wir?

Ich zum Beispiel.

Redest du jetzt schon in der Mehrzahl von dir? Pass auf, Jackpot, pass auf, das kann dir falsch ausgelegt werden. Nimmst du ein Glas Rotwein, hab grad eine Flasche offen.

Gut, aber nur eines.

Mehr gibt es eh nicht.

Und was machst du gerade?

War gerade beim Aufräumen, als mich der Schlaf im Genick packte. So was musst du immer ernst nehmen. Wenn dich der Schlaf packen will, musst du dich fügen. Der Schlaf versteht keinen Spaß, da darfst du dich nicht wehren.

Ich wollte gerade über diesen Satz nachdenken, als ich Fanny sah. Ich war wie elektrisiert. Sie lehnte halbnackt an einer Wand, der Blick gegen das Fenster, als würde sie weit, weit in die Ferne schauen. Der Hintergrund weiß, und sie selbst nur so halbblaue, fast durchsichtige Seide um die Hüfte und oben gar nichts.

Die Augen waren dermaßen extrem schön, dass man hätte meinen können, Grunz hätte alles andere auf dem Bild nur gemalt, um diese Augen zu zeigen.

Wahnsinn, Grunz! Wann hast du das gemalt?

Was meinst du?

Na, dieses Bild da von der Fanny, das, was da hinten hängt.

Das ist noch nicht fertig. Ich hab es dort hingehängt, weil ich noch überlege, was noch fehlt. Gefällts dir?

Klar! Das ist übergut, Grand Cru du Château, extra vergine! Wie viel verlangst du dafür?

Hab doch gesagt, es ist noch nicht fertig.

Klar, aber wenn es fertig ist, für wie viel würdest du mir das Bild geben?

Das hat noch keinen Preis. Warum fragst du? Bist du interessiert?

Hey, Grunz, ich kaufe es dir ab, gleich hier und jetzt auf Handschlag! Sag mir einen Preis und der Deal ist perfekt.

Das könntest du dir vermutlich nicht leisten. Warte, bis es beim Wetten mal so richtig einschenkt. Solange reserviere ich es für dich.

Versprichst du mir das? Versprichst du mir, dass du es niemand anderem verkaufst?

Versprechen kann ich nichts, aber ich kann schauen.

Ich wüsste sogar schon mehr oder weniger, wo ich es hinhängen würde.

Nicht wahr, die gefällt dir sehr, die Fanny.

Das Bild gefällt mir, Grunz, das Bild, ich rede vom Bild!

Aber sie gefällt dir auch.

Ich kenn sie ja noch gar nicht recht.

Das heißt nichts. Ich hab mich selbst das ganze Leben lang in Frauen verliebt, die ich nicht richtig gekannt habe. Das liegt in der Natur der Sache, dass die Liebe normalerweise vor der Erkenntnis kommt. Ich verliebe mich auch heute noch immer unwissend. Es gibt nichts Schöneres.

Auch in Fanny?

Anstatt eine Antwort zu geben, geht Grunder etwas weiter nach hinten, um das Bild von Fanny noch mal genau anzuschauen. Mir kommt es vor, als würde er einen Außenblick suchen, als hätte jemand anderer das Bild gemalt und er müsste sich überlegen, ob er die Arbeit des anderen Malers gut oder nicht so gut findet. Grunz probiert verschiedene Perspektiven aus, geht näher, dann wieder weiter weg. Er schaut dabei sehr skeptisch. Dazu macht er leichte Bewegungen mit dem Mund, als würde er mit sich selbst reden.

Sag was, Grunz!

Was soll ich sagen? Ich bin nie zufrieden mit meinen Bildern. Nie!

Ich mein nicht das. Sag mir, ob du in Fanny verliebt bist.

Hey, Jackpot, überleg mal. Ich bin über siebzig. Fanny könnte mein Enkelkind sein.

Dieses Argument konnte ich überhaupt nicht gelten lassen. Und vor allem war es keine Antwort auf meine Frage. Es kam mir so vor, als wenn ich jemanden gefragt hätte, wie spät es sei, und der andere würde antworten, im Zugerland sind gerade die Kirschen reif. Das mit den Kirschen hätte vielleicht sogar gestimmt. Aber es wäre keine Antwort auf meine Frage gewesen. Wenn ich Grunz frage, ob er in Fanny verliebt sei, frage ich ja nicht, wie alt er ist oder wie alt sie ist oder wer wem Großvater oder Enkelkind sein könnte. Gleichzeitig wollte ich nicht insistieren, ich wollte die Antwort ja gar nicht wissen. Es hätte mich nur nervös gemacht. Also versuchte ich, über was anderes zu reden.

Sag mal, Grunz, warst du eigentlich gern Lehrer an dieser Kunstgewerbeschule?

Nein. Nie.

Warum hast du dann so lange unterrichtet?

Was ist mir anderes übrig geblieben? Musste eine Familie ernähren. Das hätte ich damals als freier Künstler nicht geschafft. Ich brauchte eine gewisse Sicherheit.

Was für ne Familie musstest du denn durchbringen, Grunz?

Was wohl für eine? Natürlich meine!

Du hast ne Familie? Das wusste ich nicht.

Ich hatte mal eine Frau und eine Tochter. Die Tochter hab ich immer noch, die hat unterdessen selber Kinder. Und die Frau ist jetzt meine Ex-Frau.

Und warum hast du die Frau nicht mehr?

Mann, Jackpot, du fragst Sachen. Das ist alles schon so lange her. Wir waren halt jung. Und ich, ich sah mich immer als Kunstmaler, schon in der frühesten Jugend. Aber die Frau verstand das nicht unbedingt oder verstand nicht, was das heißt. Das Einzige, was sie sah, war, dass ich wenig Geld nach Hause bringe und dass ich nicht das bin, was sie unter zuverlässig versteht. Frauen können normalerweise viel ertragen. Aber fehlende Zuverlässigkeit können sie nicht leiden.

Eines musst du dir merken, Jackpot: Frauen mögen wilde Männer. Aber kaum hat eine einen wilden Mann erobert, will sie ihn zähmen. Und wenn sie ihn mal gezähmt hat, gefällt er ihr nicht mehr. Dann wirft sie ihm unbewusst vor, er sei nicht mehr derjenige, der ihr so gut gefallen hat.

Grunz schaut bei allem, was er sagt, noch immer das Bild von Fanny an, geht näher ran, wieder zurück, sagt, mit den Beinen stimmt was nicht und der Mund ist auch noch nicht gut. Aber dann redet er wieder von früher, wie schwierig es ist, ein Leben mit anderen Leuten zu teilen, mit Leuten, die nicht verstehen, was es heißt, Kunst zu machen und den ganzen Tag, das ganze Leben an Kunst zu denken. Nur Künstler können Künstler verstehen, sonst gibts automatisch Missverständnisse. Normale Menschen wollen das Leben leben. Aber Künstler wollen das Leben anschauen, verstehen und kommentieren, anstatt es zu leben.

Ich versuchte mir Grunz vor vierzig Jahren vorzustellen. Versuchte mir vorzustellen, wie er als junger Mann frühmorgens verkatert in einer kleinen Wohnung in der Küche sitzt. In derselben Küche, in der seine Frau die halbe Nacht auf ihn gewartet hat. Ich versuchte mir auch vorzustellen, wie er versucht, die Frau am Küchentisch zu beruhigen. Die junge Frau Grunder, die hin- und herrechnet und trotzdem nicht weiß, wie sie am Monatsende die Miete bezahlen soll. Ich sah, wie sie rechnet am Küchentisch, während ihr Mann, der gut aussieht und begabt ist, sich weigert, einen richtigen Job zu suchen. Ich sah sie in Gedanken Geld zählen für ein Leben mit einem Mann, der sich lieber mit seinen Freunden und semiseriösen Musen die Nacht um die Ohren schlägt. Und dann versuchte ich mir vorzustellen, wie Grunz bei Wein, Schnaps und Jazzscheiben mit seinen Kumpels über Schattenwurf, Perspektiven und Farbgebung diskutiert und wie seine Frau derweil zu Hause das Kind ins Bett bringt. Nein, Schatz, nein, der Vater ist noch nicht zu Hause. Schlaf jetzt, mein Engel. Er kommt erst in der Nacht. Frag nicht, weshalb, mein Herz, du weißt doch, der Vater ist eben Künstler. Das hab ich dir doch schon erklärt. Künstler sind durstig und müssen deswegen sehr viel trinken. Und als das Kind endlich schläft, kann sie vor Sorgen selbst nicht einschlafen. Dann stellte ich mir vor, wie Frau Grunder jeden Morgen beim Kaffee auf Grunz einredet, wie sie ihm sagt, sie halte das nicht mehr aus. Sie wisse nicht, wie sie am Ende des Monats die Rechnungen bezahlen solle. Und sie schäme sich jedes Mal, beim Metzger und in der Molkerei anschreiben zu lassen. Und ob er immer noch nicht merke, dass das mit der freien Kunst nirgendwo hinführen könne. Und immer, immer so weiter, bis der junge Grunder dieses Jammern nicht mehr erträgt und endlich, dem Frieden zuliebe, eine Teilzeitstelle als Zeichenlehrer an der Kunstgewerbeschule annimmt, wenigstens eine Sicherheit, wenigstens eine Pension, wenigstens bezahlte Ferien, wenigstens einmal etwas Ruhe zu Hause. Siehst du, Liebste, ich hab den Job gekriegt. Jetzt wird alles gut. Jetzt werden wir eine normale Familie.

Aber es ist schon zu spät, die Enttäuschung der Frau sitzt zu tief. Sie zieht mit der Tochter aus und beginnt an einem neuen Ort von Neuem. Doch bei Grunz geht alles weiter wie immer, außer dass er jetzt nicht mehr jeden Morgen erklären muss, weshalb er wieder spät nach Hause gekommen ist, und außer dass er jetzt eine Teilzeitstelle beim Kanton hat, um die Alimente bezahlen zu können. Und ich versuchte mir vorzustellen, wie Grunz immer wieder darüber nachdenkt, den Job an den Nagel zu hängen, weil es ihn stresst, weil er nicht gerne unterrichtet und nicht gerne plant und nicht gerne Teil eines Lehrerkollegiums ist. Doch die Jahre ziehen ins Land und er verkauft nicht genug Bilder und er beginnt auch zu rechnen und merkt, dass es unvernünftig wäre, die sichere Lehrerpension aufs Spiel zu setzen, weil man weiß ja nie, was noch alles kommen kann, und weil das Pensionsalter gar nicht mehr so furchtbar weit entfernt ist.

Was hast du, Jackpot? Warum so nachdenklich? Muss ich doch noch ne Flasche öffnen?

Ich überlege gerade was.

Was überlegst du?

Ich würde dir gerne das Bild von Fanny abkaufen. Es gefällt mir wahnsinnig. Ich muss es haben!

Hab doch gesagt, es ist noch nicht fertig. Außerdem glaube ich nicht, dass du es bezahlen kannst.

Mals fertig und sag mir einen Preis. Ich kann es bezahlen, ich finde einen Weg, glaub mir's. Es ist schon gekauft. Es ist das beste Bild, das du je gemalt hast. Wenigstens von denen, die ich kenne.

Möglicherweise hab ich es schon jemand anderem versprochen.

Erzähl keinen Mist, Grunder. Du hast doch eben selbst gesagt, es sei noch nicht fertig, und du willst es für mich reservieren. Wie soll es denn dann schon verkauft sein.

Es gefällt eben nicht nur dir. Hatte gerade nicht

mehr daran gedacht. Aber es gibt jemand von der Museumskommission, der vielleicht interessiert wäre.

Jetzt machst du dich lustig über mich.

Nein, Jackpot, glaub mir. Ich hab ein solches Durcheinander in der Birne, deshalb hab ich das beinahe vergessen. Seit Jahren hat mir das Kunstmuseum kein Bild mehr abgekauft. Und ausgerechnet gestern Vormittag kommt Frau Stebler von der Kommission zu mir ins Atelier, du weißt, welche. Sie redet ein wenig mit mir, geht ein wenig rum, schaut ein paar Dinge an und sagt, sie wolle für genau dieses Bild einen Antrag stellen.

Dabei stehen dort hinten unzählige Bilder rum!

Das stimmt.

Und trotzdem will die Stebler vom Museum jetzt ganz genau dieses hier kaufen?

Genau dieses.

Und weißt du, weshalb?

Wenn ich das wüsste.

Weil es ein Meistermeistermeisterwerk ist, ein dreifaches. Das sieht sogar die vom Museum mit verbundenen Augen. Aber du gibst es nicht dem Museum!

Wir schauen dann, wenn es fertig ist.

Mach keinen Blödsinn, Grunz!

Ich verabschiede mich und sage ihm an der Türe noch mal, dass er keinen Fehler machen soll. Er soll an unsere Freundschaft denken und sich überlegen, ob es ihm lieber sei, wenn das Bild in der Sammlung irgendeines Museums in der hintersten Kellerecke stehe oder ob es ihm nicht doch lieber wäre, wenn es prominent bei mir im Wohnzimmer hängt und jeden Tag bewundert wird und von jedem Besuch ausführlich gerühmt, was dann seinen Ruf als bedeutender Künstler, begabter Mensch und als großer Freund seiner Freunde auf alle Zeit festigen würde.

Der Maler lacht und hustet ein wenig. Ich sage ihm, dass ich gehen müsse. Er legt mir zum Abschied die Hand auf die Schulter.

Schaust du dir in Aarau noch die Rennen an? Setz dann aufs richtige Pferd. Nicht, dass du plötzlich noch Geld verlierst. Wärst nicht der Erste. Viel Glück und pass auf dich auf, Frank.

Nenn mich bitte nicht Frank.

6

Ich will eben die Treppe in den Bahnhof hinunter, da sehe ich, dass Koni hochkommt, schön langsam, so wie immer.

Tag, Koni, wo kommst du denn her? Was läuft?

Jackpot, du alter Schleicher! Was glaubst du, was ich mache? Das Gleiche wie immer. Den Tag totschlagen. Aber mit diesen Tagen ist es wie mit den feindlichen Kriegern in Computerspielen, kaum hast du einen erledigt, kommt von anderswo schon der nächste.

Hast du Zeit?

Wenn ich etwas habe, dann ist es Zeit. Warum fragst du?

Hör mal, ich bin gerade in Eile, auf dem Weg nach Aarau zum Trabrennen. Komm doch mit, dann können wir ein wenig quatschen.

Koni bleibt stehen, und zwar so, dass ich nicht an ihm vorbeikomme. Er kämpft mit dem Rest eines ziemlich widerlichen Kebabs, den er wohl unten im Bahnhof gekauft hat.

Du weißt doch, dass ich mit Pferden nicht viel am Hut habe.

Man geht ja auch nicht wegen den Pferden auf die Rennbahn. Schau mich an, ich bin kein Pferdefanatiker, ich geh aus dem gleichen Grund wie alle anderen, ich habe Freude am Wetten.

Was wettest du denn?

Das ist eine relativ überflüssige Frage, Koni. Auf Rennbahnen wettet man meist auf die Rennen. Man könnte natürlich auch auf Aktienkurse setzen oder auf Kampfhähne oder Fremdwährungskurse. Aber dazu müsste man nicht unbedingt auf die Pferderennbahn. Und ich persönlich, ich wette bei einem Rennen zum Beispiel auf den, der hoffentlich gewinnt.

Sehr überraschend!

Warum fragst du denn, Koni? Ich könnte dir schon erklären, was »Win«, was »Place«, was »Exacta« oder was »Trifecta« ist. Aber dann müsstest du mir zuerst sagen, dass du Pferde magst und an Rennwetten interessiert bist. Einem, der es nicht wissen will, muss ich nichts erklären. Die Welt ist schon voll genug mit Langweilern, die ständig Dinge erklären, die keiner erklärt haben will.

Wetten ist sowieso total unseriös, und ob ich wenigstens etwas Gefühl für die Pferde aufbringe, fragte Koni nun. Ich nickte nur und schaute ihn an. Ein reflexartiges Nicken, weil über die Frage, ob ich für Pferde Gefühle aufbringe, über die Frage hatte ich noch nie nachgedacht. Und in dem Moment eh nicht, denn in dem Moment versuchte ich mich zu erinnern, wie lange Koni schon diese Frisur trägt.

Koni Haller war in seiner Jugend unauffällig, keine besonderen Merkmale, hieße das im Polizeijargon. Doch irgendwann mal beschloss er, sich seine Haare wachsen zu lassen. Seither weiß jeder, Koni ist der mit den langen Haaren. Das ist nun gut dreißig Jahre her. Frisuren kommen und gehen, aber Konis lange Haare bleiben immer lang und erzählen immer dieselbe Geschichte von einem, der sich selbst treu geblieben ist und dank den langen Haaren eine Persönlichkeit besitzt, die er ohne die Haare vermutlich nicht hätte. Konis Haare werden weniger, aber die Länge bleibt. Wenn einer in der Stadt sagt, er wisse nicht, wer Koni sei, braucht man nur zu sagen, Koni ist der mit den Haaren, und dann ist es sofort allen klar. Aha, du meinst den mit den Haaren, sag das doch!

Nun gut, was ich Koni sagen wollte, war ja nur, dass ich unterwegs zum Trabrennen in Aarau war. Und dass es locker für den Zug gereicht hätte, wenn ich ihm nicht unverhofft über den Weg gelaufen wäre und über Wetten, Pferde und solches Zeugs gelabert hätte, bis der Zug abgefahren war.

Also du willst nun behaupten, dass du meinetwegen den Zug verpasst hast.

Genau, Koni, genau, ich sehe, du hast es erfasst.

Musst halt was sagen und weniger labern.

Allerdings ist Koni selbst auch eine ziemliche Schwatzbacke. Weil er persönlich keinen Sinn für Wetten hat, ist ihm alles zuwider, was mit Wetten zu tun hat. Wenn alle wären wie Koni, dachte ich, also wenn allen alles auf die Nerven gehen würde, was sie persönlich nicht so interessiert, dann käme die Menschheit nirgendwo hin.

Ich schaffte es nicht mehr rechtzeitig zum Rennen. Was sollte ich nun tun? Mich deshalb aufregen? Mir eine schlechte Laune machen lassen? Bestimmt nicht. Es gibt ja sonst schon genug, worüber man sich aufregen kann. Ich ging mit Koni einen kippen und wir redeten über anderes, das Koni mehr interessiert als Pferde und Wettscheine. Wir setzten uns beim Gleis 13 auf die Terrasse mit Aussicht auf den Pendlerstrom. Kaum setzten wir uns hin, standen schon zwei Bier auf dem Tisch, tipptopp so was. Ich wartete einfach, bis Koni mit irgendwas daherkam. Ich wusste nämlich, dass es bei Koni meist nicht lange dauert. Und tatsächlich, kaum haben wir uns zugeprostet und den ersten Schluck getrunken, beginnt er:

Weißt du was, Jackpot. Da ist was, das mir zu denken gibt. Du weißt ja vielleicht, dass ich in diesem Chor mitsinge. Und da singt einer mit, der praktisch nichts sieht. Kommt aus dem Engadin, spricht aber Berndeutsch.

Ist er blind?

Er sieht fast nichts, aber ganz blind ist er wohl auch

nicht. Hat jedenfalls von Kindsbeinen an so einen weißen Stock zum Gehen.

Und kommt aus dem Engadin, aber spricht Berndeutsch?

Genau. Ein Engadiner, der Berndeutsch redet. Das ist es, was mich erstaunt.

Er heißt so ähnlich wie Candinas oder Calanda oder Caldrill. Wurde im Engadin geboren, eine Engadiner Familie, aber er spricht, als wäre er seit sieben Generationen Berufsberner. Weißt du, wie ich meine?

Das braucht dich nicht zu verwundern. Alle Blinden in der Schweiz sprechen Berndeutsch, weil alle in Zollikofen in die Blindenschule gehen, und Zollikofen liegt bei Bern, also reden die Blinden in der Schweiz so, wie in Zollikofen geredet wird. Läge Zollikofen zum Beispiel bei Basel, dann hätten unsere blinden Landsleute Basler Dialekt, aber weil Zollikofen bei Bern liegt, reden sie Berndeutsch.

Bestimmt nicht!

Bestimmt schon. Worum wetten wir?

Zuletzt war ich doch froh, dass wir nicht gewettet hatten, weil sicher war ich mir bei dieser Sache nicht. Aber wenigstens hatten wir ein Thema gefunden, über das beide was sagen konnten. Und wenn ein Gespräch einen guten Anfang genommen hat, dann läuft es meistens. Ein Satz ergab den nächsten. Wir kamen von der Blindenschule zur Erziehung im Allgemeinen und von dort aufs Militär und Geschichte, will sagen Schweizer Geschichte, von dort zur Migrationspolitik und so fort. Wir schoben uns die Sätze hin und her, als spielten wir Schach, Blitzschach natürlich.

Sag mal, Jackpot, schreibst du eigentlich noch?

Diese Frage kam eher überraschend, weil Koni nicht gerade das ist, was man sich unter einem Leser vorstellt. Er hatte nie viel übrig für Drucksachen. Wenn er in der Schule vorlesen musste, ist er über jedes Wort gestolpert, das mehr als drei Buchstaben hatte, erzählen die, die dabei waren. Nicht, dass er dumm wäre, er ist alles andere, war immer gut in Mathe, im Auswendiglernen, in Sport und so, aber Lesen war nie sein Ding.

Ich schreibe gerade ein Buch fertig. Hab die ganze Geschichte im Kopf. Aber jetzt dauert es etwas länger als vorgesehen, weil ich mich verliebt habe. Die Liebe ist der kreativen Arbeit hinderlich, verstehst du. Dieser euphorische Zustand verträgt sich schlecht mit der Kunst.

Du musst den Moment genießen, Jackpot.

Das ist einfacher gesagt als getan. Vor allem, wenn sie nichts wissen will.

Wieso weißt du, dass sie nichts wissen will? Hast du sie gefragt?

Nicht so hastig, Koni, ich bin noch in der Kennenlernphase. Die Sache muss sich zuerst entwickeln. Also, wenn sie sich überhaupt entwickelt. Ich kenne sie fast noch nicht. Und außerdem bin ich mir nicht so sicher, ob sie auf mich steht oder ob sie was mit einem Maler hat.

Mit einem Maler? Mit welchem Maler?

Mit irgendeinem.

So viele gibts nicht in der Stadt.

Täusch dich nicht, es gibt in Olten mehr Kunstmaler als zum Beispiel Schuhmacher.

Das ist nicht schwer, weil es fast keine Schuhmacher mehr gibt.

Logisch, die billigen Schuhe, die heute überall gemacht und verkauft werden, kannst du ja gar nicht mehr flicken.

Ich glaube, die meisten Leute schmeißen kaputte Sachen lieber weg, als sie flicken zu lassen. Ich bin selber ja auch nicht besser.

Genau das meine ich, von dem rede ich doch. Wer Schuhe wegschmeißt, bevor er sie flicken lässt, ist Teil der Wegwerfgesellschaft. Aber der Fehler beginnt dort, wo solche billigen Lumpenschuhe überhaupt hergestellt werden und in den Handel kommen. Und das Problem ist auch, dass es immer und überall Leute gibt, die diesen Krempel kaufen.

Schon möglich. Aber du lenkst ab, Jackpot. Sag mal, wie heißt sie denn?

Kennst sie eh nicht. Sie ist aus Zofingen.

Hey, Jackpot, unterschätz mich nicht. Ich kenne so manch eine aus Zofingen. Und aus Strengelbach. Und aus Brittnau. Und aus Oftringen. Und aus Aarberg. Möglicherweise ist diese Region sogar mein Spezialgebiet, was die Frauenkenntnis anbelangt.

Aber die Fanny kennst du nicht.

Die Fanny aus Zofingen? Natürlich kenn ich die! Ich hab schon ihre Mutter gekannt und bin bei ihrem Großvater ins freiwillige Französisch. Le complément d'objet direct fait partie du groupe verbal. Il désigne l'objet de l'action. Il n'est jamais introduit par une préposition.

Das musste ich bei ihm auswendig lernen, bis es in die Hirnrinde eingeritzt war. Hörst es ja, es ist bis heute drin.

Und das war Fannys Großvater?

Er ist es heute noch. Ein guter Lehrer mit einer schönen Tochter und einer schönen Enkelin. Fanny mit den großen Augen, die kenn ich schon lange!

Als Koni das sagt, hätte ich beinahe in den Tisch gebissen. Silva, bring bitte noch mal zwei Becher. Fanny hat tatsächlich große Augen. Und ihr Großvater ist wirklich Lehrer. Also kennt er sie wirklich.

Erzähl! Was weißt du über sie?

Nichts. Ich weiß gar nichts. Das Einzige, was ich weiß, ist, dass du besser so tust, als hättest du sie gar nie kennengelernt. Vergiss sie einfach und mach genau an dem Punkt weiter, an dem du nicht gewusst hast, dass eine schöne Fanny aus Zofingen auf dieser Welt existiert.

Verdammt noch mal, Koni, sag einfach, was du weißt! Vorher hast du gesagt, du kennst sie schon lange. Was ist los mit Fanny? Du machst mich fertig.

Konis Stimme verändert sich. Sie wird leiser und eindringlicher. Er legt mir eine Hand auf die Schulter und sein Kopf nähert sich meinem einen Ohr.

Jackpot, du bist kein schlechter Kerl. Vielleicht bist du ein ziemlicher Faulpelz. Vielleicht bist du etwas halbseiden, vielleicht ein Schwafler. Vielleicht bist du nicht gerade der Fleißigste. Aber ein schlechter Kerl bist du nicht. Hast dein Leben, deinen Frieden, deine Wetten, hast ein Dach über dem Kopf und jeden Tag was Warmes auf dem Teller, alles einigermaßen gut. Oder etwa nicht? Genau deshalb will ich dich warnen. Schau, die Welt ist voller lieber Frauen, voller Frauen, die dich lieben könnten, Frauen, die mit dir glücklich werden könnten und du mit ihnen. Für jedes offene Herz gibt es irgendwo ein anderes offenes Herz. Einige finden die große Liebe in Thailand oder noch weiter weg. Andere finden sie am Nebentisch in der Kantine. Es gibt keine Distanz und keine Differenz, die eine Verliebtheit verhindern könnte. Verlieb dich in irgendeine. Verlieb dich in die Frau vom Postschalter, verlieb dich in deine Dentalhygienikerin, verlieb dich in deine Frisörin, verlieb dich in eine Kellnerin, meinetwegen verlieb dich in die Frau von deinem Nachbarn oder in alle gleichzeitig, aber verlieb dich besser nicht in Fanny. Die Fanny mit den großen Augen bringt Unglück! Glaubs mir, Jackpot, ich weiß Bescheid. Das ist vielleicht nicht Fannys Schuld, aber sie trägt einen schwarzen Schatten mit sich rum. Ein Schatten, der in dieser Familie von Generation zu Generation weitervererbt wird. Und dieser Schatten hat schon manch einen zur Verzweiflung gebracht.

Ich schaue Koni an, als hätte ich ihn noch nie gesehen. Es kommt mir vor, als würde ich Konis Gesicht, das ich schon so viele Jahre kenne, zum allerersten Mal bewusst wahrnehmen.

Ist alles okay mit dir? Gehts dir gut, Koni? Oder hast du was intus? Vielleicht eine Tablette, die dich durcheinanderbringt, Hustentropfen mit Nebenwirkungen? Etwas, das dir nicht guttut?

Nichts von alldem! Mir gehts bestens.

Du hättest dir zuhören sollen. Uuuh, ein schwarzer Schatten, uuuh, Unglück, uuuh, uuuh, uuuh, das Böse schleicht sich an, uuuh uuuh, schwarze Magie fährt ein, der Teufel stinkt nach Schwefel und die Welt ist eine Scheibe, die ausfranst an den Rändern.

Mach dich nur lustig, Alter. Du weißt, dass ich nicht abergläubisch bin. Ich sag nur, was man nachweisen kann. Die Fanny reitet jeden ins Elend, der sich in sie verliebt. Das ist eine Tatsache.

Sagt wer?

Sage ich, weil ich es weiß.

Hast du persönliche Erfahrungen gemacht?

Nein, aber ich höre zu, schaue und kriege mit, was die Leute sich erzählen. Und von Fanny habe ich echt schon die krassesten Geschichten gehört. Fanny hat schon mehr als einen aus der Bahn geworfen, kannst du mir glauben. Du bist erwachsen, Jackpot, du machst, was du willst, klar. Ich kann dich von nichts abhalten. Komm dann einfach später nicht heulend angekrochen, ich hätte dich nicht gewarnt.

Du musst konkreter werden, Koni.

Sei froh, dass ich es nicht werde.

Ich wechselte das Thema, aber von da an stockte das Gespräch. Wir hatten den Rhythmus verloren. Der Flow war weg. Deshalb bezahlte ich mal, und danke, Silvia, stimmt so, dir auch, danke, dir auch einen schönen Abend.

Es war zu spät, nun noch nach Aarau zum Trabrennen zu fahren. Aber auch zu früh, um sich Sorgen zu machen wegen dem mysteriösen Zeugs, das Koni über Fanny erzählt hatte. Ich machte einen Spaziergang, nur so, um die Knochen etwas zu bewegen und den Kopf auszulüften. Beim Gehen fragte ich mich, ob nicht doch etwas dran sei, ob Koni doch nicht ganz unrecht habe, wenn er behauptet, Fanny sei gefährlich. Außergewöhnlich ist sie. Das ist unbestritten. Aber das ganze hirngespinstige Zeug mit dem Unglück, das sie bringt, und dem schwarzen Schatten, den sie wirft, kann ich trotzdem nicht richtig ernst nehmen. Plötzlich habe ich das Gefühl, das sei genau das Seltsame an so einem wie Koni. Wetten findet er unseriös, obwohl es nichts Mathematischeres als Wetten gibt. Doch dann redet er vom bösen Blick und Unglück, als wären das selbstverständliche Wahrheiten. Voll abgefahren, der Typ! Manchmal habe ich den Eindruck, es gäbe immer mehr und mehr Leute, die nicht mehr zwischen dem, was sie sehen, und dem, was sie gerne glauben würden, unterscheiden können.

Was ich beispielsweise sehe, ist, dass es an einem Sonntag schwierig ist, in der Stadt jemandem zu begegnen. Die Leute verlassen entweder die Stadt oder sie bleiben zu Hause. Und was machen sie zu Hause? Nichts! Fernsehen, damit sie am Montagmorgen bei der Arbeit was zu erzählen haben. Hast du das Autorennen gestern gesehen? Ja, war toll, oder? Ja, super. Und den *Tatort*? Hast du den gesehen? Ja, hab ich auch gesehen. War toll, oder? Nicht schlecht, doch. Und die Doku über die Flüchtlingsströme, hast du dir die noch angeschaut? Hab ich geschaut, krass. Extrem krass.

Sogar die Zeitungen schreiben am Montag darüber, was am Sonntag im Fernsehen lief. Wie wenn das Fernsehen die Realität wäre und das, was gezeigt wurde, das Gleiche wäre wie das, was auf der Welt geschieht.

Ich grüble gerade über solche Sachen, als mich einer um Kleingeld angeht, ein junger Typ mit Lederjacke. Ich geb ihm zwei Franken. Danke. Schon recht.

Jetzt nehme ich an, dass er gehen würde. Aber er bleibt stehen, schaut mich lange an und dann fragt mich dieser Typ, ob ich nicht ein Kumpel von Louis sei, vom Kunstmaler. Doch, sag ich und weshalb er frage. Er kenne Louis ebenfalls. Sei ein guter Typ. Gebe ihm immer mal was. Und letzthin habe er mich mit Louis beim Schützenhaus vorbeigehen sehen, oder mit einem, der mir ähnlich sehe.

Gut möglich, dass ich das war, sage ich. Und ob er Louis' Bilder auch kenne? Nein, das leider nicht, aber er wisse, dass er Kunstmaler sei, weil er es ihm erzählt hat. Ob ich auch Kunstmaler sei, fragt er. Nein, bin ich nicht. Und was er so mache im Leben. Er habe mal eine Ausbildung zum Kaufmann angefangen, aber das sei nichts für ihn. Er möge keinen Stress und in der Ausbildung seien alle immer extrem am Rumstressen. Deshalb habe er die Lehre abgebrochen und sei auf Reisen gegangen, Mittel- und Südamerika, für ein ganzes Jahr. Habe gutgetan. Jetzt überlege er, was er machen solle. Und denke manchmal darüber nach, auch Kunst zu machen.

Das müsse er nicht überlegen, sage ich zu ihm, entweder er mache es oder er mache es nicht. Schon klar, sagt er, er meine nur, er sei am Überlegen, ob er die Kunstgewerbeschule besuchen solle oder nicht, nur das sei er am Überlegen, sonst nichts. Vielleicht mache er die Prüfung, aber zuerst müsse er noch den Vorkurs besuchen, und das sei mühsam. Er möge, wie gesagt, keinen Stress. Und ein anderes Problem sei auch, dass er ein Drogenproblem habe.

Das hätte er nicht zu sagen brauchen. Das habe ich von Weitem gesehen. Wenn man die Drogen beiseitelasse, gäbe es noch immer viel im Leben, das mühsam sei, sage ich zu ihm. Aber das Mühsame sei nicht immer das Falsche. Noch bevor ich meinen Satz beendet hatte, kam ich mir vor wie so ein alter Idiot, der einem Jungen sagt, um was es im Leben geht, obwohl ich ja selbst nichts kapiere. Doch der andere tut so, als nähme er meine Worte ernst. Und als er schon weitergehen wollte, fragte er, ob er eine Zigarette haben dürfe, also gab ich ihm eine und Feuer und sagte ihm, dass ich ihm viel Glück mit der Kunst wünsche. Und pass auf dich auf.

Danke, du auch.

Kaum verschwindet der Typ um die Ecke, kommt mir Louis entgegen. Ich erkenne ihn schon von Weitem an seinem speziellen Gang. Nicht, dass Louis O-Beine hätte, das nicht, aber beim Gehen wirkt es ein wenig so, als hätte er welche.

Hey, Alter, so ein Zufall. Wir hatten es gerade von dir.

Was? Wer?

So ein junger Hobbypunker und ich.

Was ist ein Hobbypunker?

Weiß doch auch nicht, so ein junger Bursche, der die Leute um Kleingeld anhaut auf der Straße, aber kaum wechselst du ein paar Worte mit ihm, merkst du, dass er aus gutbürgerlichem Haus kommt und sehr wohl ein warmes Bett hat in der Nacht und eine Mutter, die ihm jeden Tag das Frühstück bereit macht und die Kleider bereit legt, ihm sagt, er solle nicht immer so lange schlafen. Es würde mich nicht wundern, wenn sie ihm zu Hause Geld geben würden, um Stoff zu kaufen. Und wenn er dann trotzdem noch Passanten auf der Straße anbettelt, dann wohl vor allem, um mit Leuten ins Gespräch zu kommen. Aber was ich sagen will, er hat behauptet, er kennt dich und er weiß, dass du Kunstmaler bist, und er selbst will vielleicht auch Künstler werden.

Als ob es nicht schon genug von unserer Sorte gäbe!

Genau, das kannst du laut sagen. Maler gibts auf der Welt wohl mehr als Pinsel. Aber sag mal, was hast du vor?

Ich muss ins Atelier, treffe mich mit Fanny.

Was meinst du, Louis? Darf ich mitkommen?

Du weißt doch, dass ich kein Publikum vertrage, wenn ich einen Akt male. Das ist ein Berufskodex, Aktmalen ist ein persönlicher Dialog, das verträgt kein Publikum.

Fanny hätte sicher nichts dagegen, kannst sie fragen. Sie hat mir selbst gesagt, sie zeigt sich denjenigen, die genau hinschauen können, gerne.

Aber mir, mir macht es was aus. Ich kann mich nicht

konzentrieren, wenn jemand Drittes im Atelier ist. Also hör bitte auf damit.

Bist du jetzt sauer, Louis?

Weshalb sollte ich sauer sein?

Weiß nicht, kam mir gerade so vor.

Louis ging schon langsam davon und sagte noch: Nein, ich bin nicht sauer, aber ich muss jetzt wirklich dringend los. Bin knapp dran. Will sie nicht warten lassen. Das ist Ehrensache.

Sag ihr einen lieben Gruß!

7

Hat dir Louis am Sonntag einen Gruß ausgerichtet?

Einen Gruß von dir? Kann mich nicht erinnern.

Habs mir gedacht. Nicht mal einen Gruß ausrichten kann er, der Waschlappen.

Sei doch nicht so, er wirds vergessen haben.

Fanny sitzt bei mir im Wohnzimmer auf dem Teppich. Auf ihrem Schoß liegt ein Buch, das sie einfach so aus meinem Bücherregal gezogen hat, es heißt *Eisenbahnen Europas* und ich kann beim besten Willen nicht mehr sagen, warum dieses Buch bei mir im Bücherregal steht, von wem ich es habe, seit wann ich es habe und ob ich es jemals angeschaut habe.

Ich hatte ihm gesagt, er soll dir einen Gruß ausrichten.

Wem?

Eben dem Louis.

Er wird es vergessen haben.

Oder er hat ihn absichtlich nicht ausgerichtet, weil es ihn unbewusst ärgert, dass wir uns kennen.

Wir kennen uns doch seinetwegen.

Das macht es für ihn wahrscheinlich auch nicht besser. Ich hab ja gesagt, das Gefühl bei ihm ist unbewusst. Aber was anderes, Fanny: Kennst du die Leute, die im Kunstmuseum arbeiten?

Nein, höchstens vom Sehen. Warum?

Ich muss mit einer reden. Und falls du sie gekannt hättest, wärs vielleicht einfacher gewesen. Sie heißt Stebler.

Sagt mir nichts.

Auch egal.

Fanny stellt das Buch mit den Eisenbahnen zurück ins Regal und zieht eines raus, das danebensteht und von Uhren handelt. Wahrscheinlich habe ich die Bücher nebeneinandergestellt, weil sie ungefähr gleich groß sind. Sie schaut es mit der gleichen Sorgfalt an wie zuvor das mit den Eisenbahnen. Es wundert mich, weil ich mir kaum vorstellen kann, dass sich Fanny für Eisenbahnen oder Uhren interessiert. Sie sagt lange nichts und stellt auch dieses Buch wieder zurück. Sie nimmt ein anderes heraus, eines, das ich einmal von einer Ex-Freundin gekriegt habe, mit Schwarz-Weiß-Aufnahmen von Man Ray, einem Fotografen von früher. Auch wenn ich fast alles, was mich an diese Ex-Freundin erinnern könnte, schon lange entsorgt habe, steht das Buch immer noch in meinem Bücherregal. Ich will was sagen, merke aber gerade noch, dass es besser ist, zu schweigen und ihr zuzuschauen, wie sie mit ihren großen Augen das Buch anschaut. Es ist unglaublich, wie sie schaut. Sie scheint kein Detail auslassen zu wollen. Und außerdem kommt es mir vor, als wäre sie in diesem Moment gar nicht mehr in meinem Wohnzimmer, sondern in diesen Bildern und in dieser Zeit. Sie sagt kein Wort, atmet kaum und schaut und schaut und schaut und schaut sich fast die Augen wund. Es dauert ungefähr eine halbe Stunde. Dann legt sie das Buch neben sich auf den Boden und nimmt ein Buch über den Jura in die Hand. Wieder schaut sie die Fotos so an wie vorher diejenigen von Man Ray. Doch plötzlich fällt sie zurück in die Gegenwart und es kommt mir vor, als würde sie erst jetzt merken, dass sie nicht alleine ist.

Oh, der Creux du Van. Hör mal, was da steht: Zuerst die Gletscher, danach die Bäche haben die atemberaubende Felsformation aus den Kalkablagerungen eines urzeitlichen Meers vor rund 200 Millionen Jahren verursacht. So bieten die steil abfallenden Felsenwände auch einen guten Einblick in die Geologie und Jurafaltung. Schau, das sieht so abgefahren aus, als hätte es ein Architekt genauso entworfen.

Der Architekt heißt Lieber Gott.

Bravo, danke.

Warst du noch nie dort?

Nee, und du?

Klar. Ist eine tolle Wanderung, von Noiraigue unten hoch, ist nicht weit, drei Stunden höchstens. Und oben kannst du ein Fondue essen und danach mit dem ganzen Käse und genug Weißwein im Bauch auf der anderen Seite runter an den Neuenburgersee rollen und dort nimmst du den Zug, weiß gerade nicht mehr, wie der Ort heißt. Aber mit dem Auto ist es einfacher, man geht auf der gleichen Seite runter wie rauf. Wenn du mal Zeit hast, gehen wir zusammen hin.

Würdest du wirklich mitkommen?

Keine Frage. Mit dir jederzeit.

Wieso fragt sie, ob ich wirklich mit ihr auf den Creux du Van würde? Merkt sie denn immer noch nicht, dass ich alles machen würde mit ihr, ganz egal, was? Möglicherweise hat sie gar noch nicht gecheckt, wie nervös sie mich macht. Diesen Eindruck macht sie. Sie scheint keine Ahnung zu haben, wie es um mich steht. Weshalb wäre sie sonst plötzlich einfach bei mir aufgetaucht, ins Zimmer reingekommen und hätte sich vor dem Bücherregal auf den Boden gesetzt? Und weshalb hätte sie sonst ohne zu fragen angefangen, wahllos Bücher rauszuziehen und sich zu verhalten, als wäre diese ganze Situation total normal und vertraut?

Hast du noch was vor, Fanny?

Nein, nichts. Warum?

Komm mit, ich muss ins Museum.

Was willst du dir anschauen? Es ist immer noch die gleiche Ausstellung, die wir schon gesehen haben.

Ich muss was verhandeln gehen. Zieh die Jacke an und komm.

Eine halbe Stunde später stehen wir beim Kunstmuseum am Empfang und fragen bei der Frau an der Kasse nach Frau Stebler.

Was wir von Frau Stebler wollen, will sie wissen.

Es sei eine sehr persönliche Angelegenheit, sage ich. Mein Name ist Gobeur und ich komme im Auftrag von Herrn Grunder, dem Maler.

Ob wir nicht wüssten, dass Sonntag sei. Am Sonntag habe Frau Stebler frei.

Oh, klar, Sonntag, da haben wir nicht daran gedacht.

Nun gut, vielleicht haben wir Glück, weil heute, gerade heute sei sie ausnahmsweise ins Büro gekommen, um etwas zu erledigen. Sie schaue, ob Frau Stebler Zeit habe.

Die muss unglaublich viel zu tun haben, die Frau Stebler, denke ich. Sie lässt uns nämlich sehr lange warten. Aber kommt dann doch noch. Und ich, ich weiß gar nicht so recht, wie anfangen.

Es tut mir furchtbar leid, dass wir Sie an einem Sonntag stören. Ich käme wegen diesem Bild von Maler Grunder. Sie wisse vielleicht, welches. Es gehe um einen Akt. Sie sei das Modell in dem Bild. Und ich zeige auf Fanny.

Ich habe nicht viel Hoffnung, dass das Frau Stebler weiterbringt, aber tatsächlich sagt sie, aha, ja genau, ich weiß, welches Bild. Genau, das ist ja das Modell. Das ist aber eine Überraschung, plötzlich das Modell eines Bildes in natura zu sehen. Aber was ist denn mit dem Bild?

Also, es sei so, stottere ich. Der Grunder wolle es jetzt lieber nicht mehr dem Museum verkaufen, er habe es sich anders überlegt. Und ich wolle ihr das nur schon mal sagen, wegen der Planung, nicht, dass das Museum mit dem Bild rechne. Und es sei sehr gut möglich, dass sie in Grunders Fundus ein anderes Bild finde, das noch viel besser und interessanter ist als das Bild, über das sie jetzt gerade rede, und das sich in der Sammlung des Kunstmuseums um einiges besser mache.

Frau Stebler schaut mich über den Rand der Lesebrille an und fragt, warum Grunder ihr das nicht selbst sagen könne.

Er kann noch nicht das Haus verlassen. Der Arzt hat es ihm verboten. Er hat eine kranke Lunge und muss sich schonen. Feinstaub, verstehen Sie?

Es sind die ersten Sätze, die Fanny sagt, seit wir ins Museum gekommen sind, aber es sind genau die Sätze, die es dann und dort gebraucht hat.

Frau Stebler sagt, sie sei etwas irritiert, sie werde natürlich noch mit Herrn Grunder telefonieren und sie entscheide sowieso nicht alleine, was angekauft werde. Das ist die Kommission als Ganzes, die über Anschaffungen entscheidet. Danach will sie Fanny und mich noch etwas löchern, mich vor allem. Wer ich sei und was ich mit Herr Grunder zu tun habe?

Fanny antwortet, wir seien beide Teil von Grunders engerem künstlerischen Umfeld. Das klingt so total normal und gleichzeitig so total hochgestochen, dass die Stebler nicht mehr viel zu sagen weiß außer Auf Wiedersehen und sie habe noch zu tun.

Fanny und ich schauten uns noch einmal die Porträtausstellung an. Das heißt, sie schaute und ich konnte den Moment vom letzten Sonntag nicht mehr vergessen, als sie kurz ihr T-Shirt hochgezogen hatte. Und wahrscheinlich ahnte sie das, auch wenn sie keine Anspielungen in die Richtung machte und meine schüchternen Andeutungen ins Leere laufen ließ.

Wir gingen dann noch auf einen Imbiss ins Café Ring. Und ich, ich versuchte, etwas mehr über Fanny in Erfahrung zu bringen. Gott, war das zäh, zäh wie Handschuhleder. Nicht, dass sie nichts gesagt hätte, nein, sie redete schon, aber nichts Privates. Sie hatte zugegebenermaßen spannende Dinge zu erzählen. Sie redete über Kunst und erklärte, was es ihr bedeutet, Kunst zu studieren, und dass sie beim Studieren durch alles, was sie neu erfahre und lerne, die eigene Kunst immer wieder neu anschauen könne. Das interessierte mich, weil ich selbst ja eher aus dem Pansen raus Kunst mache und nicht viel darüber gelernt habe oder eigentlich genau genommen gar nichts. Also besprachen wir dieses Thema rauf und runter. Fanny kam zwischendurch richtig ins Referieren und wusste auf jede meiner Fragen eine Antwort. Nur, wenn ich versuchte, aufs Zwischenmenschliche zu kommen, also wenn ich etwas fragte, das Fanny persönlich betrifft, blieb sie eher kurz angebunden.

Ich fand es seltsam, weil wenn eine Frau so jung und so schön und so vertieft in ihre Sachen ist, dann sollte es doch nicht so schwer sein, etwas von sich selbst zu erzählen. Aber bei ihr ist das offensichtlich nicht so. Ich denke eher, es ist beinahe so, dass sie sich für alles interessiert, außer für sich selbst. Aber klar, vielleicht hat es nichts damit zu tun, vielleicht ist sie einfach diskret.

Irgendwann fand ich, ich sei zu anhänglich, ich drücke zu sehr aufs Gaspedal. Also bezahlte ich, zog die Jacke an und sagte zu Fanny, ich müsse gehen und wir sehen uns wieder, und stand auf, und hoffentlich bis bald, und machs gut, Fanny, pass auf dich auf, ich muss.

Klar, es war ein relativ doofer Abschied, ohne Vorankündigung, ohne Herzlichkeit, sehr sachlich, sehr trocken. Fanny war etwas erstaunt, fragte mich, ob sie mich vertrieben habe, und ich sagte, nein, es ist einfach Zeit für mich, das sei alles. Okay, meinte sie, nur okay, und blieb sitzen und verabschiedete sich mit einem Nicken, ohne sonst noch was zu sagen. Und als ich die Straße überquerte, hatte ich den Eindruck, sie schaue mir nach.

Ich war froh, diesen Abgang gemacht zu haben. Manchmal, wenn man wegen einer Frau zu sehr durchdreht, dann wird man mühsam und will den Moment immer noch mehr und noch mehr in die Länge ziehen, bis sie sich bedrängt fühlt und überlegt, wie sie einen Schnitt machen könnte. Aber wenn man den Schnitt schon selbst gemacht hat, behält man die Kontrolle. Und im Idealfall kann man sogar darauf hoffen, dass sie diesen plötzlichen Abschied bedauert und dafür sorgt, dass man sich möglichst bald wiedersieht. Einer, den ich schon lange kenne, der ziemlich gut Bescheid weiß über Frauen, hat mir mal gesagt, je länger ein Mann eine Frau nicht küsst, desto stärker wird ihr Begehren. Ich glaube, das gehört irgendwie zum gleichen Thema.

Und tatsächlich, am nächsten Mittwoch passt mich Fanny vor dem Café Ring ab. Wahrscheinlich hat sie erfahren, dass ich fast jeden Mittwoch dort frühstücke, denke ich.

Jackpot, bist du wieder normal?

War ich mal nicht normal?

Letzten Sonntag hatte ich das Gefühl, du hättest plötzlich keine Lust mehr, wie wenn es dich stören würde, mit mir zusammen zu sein. Als hätte ich etwas gesagt, das dich plötzlich extrem nervt. Nur weiß ich bis heute nicht, was es hätte sein können.

Vielleicht war ja nichts.

Doch, irgendwas war. Sonst hättest du doch nicht so schnell gesagt, du musst gehen, wo es kurz zuvor noch schien, als hättest du ewig Zeit. Musst entschuldigen, wenn ich nerve. Weiß selber nicht, warum mich das so beschäftigt. Aber es hat mir seit Sonntag wirklich keine Ruhe gelassen.

Mich freuts, wenn dich was beschäftigt an mir, Fanny.

Warum sagst du das?

Warum wohl? Weil ich selbst ständig mit dir beschäftigt bin.

Fanny wird etwas verlegen, auch wenn sie es gut verstecken kann. In solchen Momenten kriegen ihre Augen etwas von dem Glanz, den nur jene haben, die nicht abgestumpft sind, der Glanz derer, die lebendig und neugierig und angetrieben sind.

Komm, Fanny, reden wir nicht mehr um den heißen Brei rum. Ich will jetzt einfach wissen, ob du …

Ob ich was?

Schon gut, geht mich gar nichts an.

Schau, Jackpot, wenn du so fragst, kann ich nicht wissen, was du wissen willst, also kann ich darauf auch keine Antwort geben.

Ich möchte ja nur wissen, ob du mitkommst auf den Creux du Van. Ich meine zum Beispiel morgen oder so.

Morgen habe ich den ganzen Tag Vorlesungen.

Schwänz doch. Wir fahren über Biel und Neuenburg. Ich organisiere eine Karre.

Fanny schaute zuerst auf die Tasse, dann zu mir. Wahrscheinlich überlegte sie, was sie im Unterricht verpasst und wie schlimm es wäre, wenn sie nicht gehen würde und ob sie überhaupt Lust hat, mit so einem wie mir auf einen Hügel raufzugehen. Das Nachdenken dauerte eine Weile. Dann sagte sie endlich, es sei okay. Und ich freute mich extrem.

Am nächsten Morgen um acht wartet Fanny in Zofingen am Bahnhof und ich fahre pünktlich mit Louis' rotem Jaguar vor. Dass mir Louis diesen schönen Jaguar einfach so ausleiht, hat mich im ersten Moment erstaunt. Ich hatte mich darauf eingestellt, dass ich ihn lange bestürmen muss. Aber es ging locker. Louis gab mir den Autoschlüssel und sagte, ich solle nicht rasen und ich solle aufpassen beim Einparken, und das wars dann schon.

Fanny kommt dem Auto entgegen. Sie trägt ein Paar dieser Wanderschuhe, die fast wie Turnschuhe ausschauen, aber eben trotzdem Wanderschuhe sind, dazu alte Jeans und eine hellblaue Windjacke aus mattem Stoff, nichts von dem knallig schrillen Outdoorgoretexatmungsaktivzeugs, sondern elegante Kleidung. Sie hat echt Style, denke ich und steige sofort aus, um ihr die Autotür zu öffnen.

Danke, sehr höflich, sagt sie und lacht und ich steige wieder ein und fahre los, möglichst normal, möglichst so, dass sie denken muss, ich fahre jeden Tag Jaguar. Deshalb bin ich auch froh, dass sie wegen dem Auto keine Bemerkungen fallen lässt.

Hast du schon gefrühstückt, Fanny? Oder wollen wir auf der Autobahn noch was zu uns nehmen?

Ich hatte schon was, aber einen Kaffee auf der Autobahn nehme ich trotzdem gerne. Ich mag Autobahnraststätten.

Sehr gut, ich auch. Autobahnraststätten sind das Größte! Du darfst übrigens rauchen im Auto. Klar, kein Problem, das Auto ist aus einer Zeit, in der man Inneneinrichtungen noch nikotinresistent gebaut hat.

Was ist eine nikotinresistente Inneneinrichtung?

Leder statt Stoff. Dann bleibt der Geruch nicht hängen.

In Deitigen fahren wir raus. Ich einen Kaffee, sie einen Espresso. Dann gibt sie mir mit den Augen ein Zeichen, ich solle zum Nebentisch schauen. Dort sitzt ein Männchen, etwa neunzig oder noch älter, mit flaschenbodendicken Brillengläsern, das total konzentriert auf einem Handy rumdrückt. Es ist so ein knochendürres Männchen, das die Hose bis an die Brust hochgezogen hat. Von Zeit zu Zeit notiert er mit einer glasklaren Schrift ein paar Zahlen auf einem Block, dann schaut er wieder auf das Display seines Handys.

Dieses Väterchen studiert die Börsenkurse, flüstere ich Fanny zu.

Hab ich schon bemerkt, flüstert sie zurück. Und sie finde es schön, dass einer in dem Alter noch an so was interessiert sei. Aber am schönsten finde sie seine Handschrift. Ich solle mal schauen, wie gleichmäßig die Zahlenreihen sind, das müsse einer mal so sorgfältig hinkriegen. Weißt du, mir gefällts, wenn jemand sorgfältig ist, auch wenn es nur beim Zahlenschreiben ist. Alles, was jemand mit Sorgfalt macht, hat einen Wert.

Als Fanny das sagt, macht mein Herz einen Sprung. Am liebsten hätte ich sie abgeküsst und an mich gedrückt. Aber was will man machen, in so einer Situation, in der man das Gegenüber, das einem so abnormal wahnsinnig gefällt, noch gar nicht richtig kennt und nicht wissen kann, ob sie die Gefühle überhaupt ein klein wenig teilt? Ich mache erst mal nichts und gehe zur Toilette.

Danach fahren wir auf der Autobahn weiter Richtung Biel. Dort zweige ich ab und fahre den Bielersee entlang Richtung Neuenburg. Der Jaguar fährt wie auf Schienen, geschmeidig und sanft. Unterwegs fragt sie mich, ob ich ein Pfefferminzbonbon will. Und als ich sage, ja gerne, macht sie das Handschuhfach auf und nimmt eine Rolle mit Pfefferminzbonbons raus. Hey, warum weiß sie, dass der Louis diese Rolle dort aufbewahrt, frage ich mich, auch wenn die Antwort natürlich klar auf der Hand liegt. Sie weiß das, weil sie schon mehr als einmal in genau diesem Auto auf genau diesem Sitz gesessen hat. Sie weiß es, weil sie Louis schon oft ein Pfefferminz hingestreckt hat.

Diese Erkenntnis macht mich etwas kaputt. Ich drehe das Radio an. … in Richtung St. Gallen: Die Panne vor dem Gubristtunnel konnte behoben werden. Der Verkehr läuft jetzt wieder störungsfrei. Und danach dieser unsägliche Song, in dem sie den lieben Gott fragen, ob er ein Hörgerät brauche. Säg mir, Herrgott, bruuchsch e Brüue, bruuchsch es Hörgrät?

Sorry, soll das ein Dialog mit Gott sein? Spinnt ihr, oder was? Geht mir doch bitte weg mit dem Gubrist und geht mir vor allem weit weit weg mit diesem peinlichen Heimatpop, mit diesen debilen Songtexten, mit diesen unsäglichen Moderatorenwitzchen und dieser ständigen happy, happy, happy happiness. Geht mir weg mit allem! Es gibt gar nichts, das mir schneller schlechte Laune bereitet als jemand, der so penetrant die gute Laune zelebriert.

Ich beginne, am Radio rumzudrehen, bis was Französisches kommt. Lieber was Französisches als dieses Geseier dieser Blablamusik, fand ich. Aber der französischsprachige Sender regte mich auch auf. Eine Reporterin und ein Lokalpolitiker diskutierten über die Wohnungsnot in Genf. Sollen sie doch in den Jura wohnen gehen, diese Heulsusen! In La Chaux-de-Fonds gibt es viele freie Wohnungen, aber nein, sie müssen nach Genf, sie brauchen die Weltstadtatmosphäre, sie wollen auf den See rausschauen, sie wollen Genève Downtown, nur bezahlen wollen sie nicht. Ich regte mich immer mehr auf und habe wahrscheinlich nicht mal bemerkt, dass der Grund für meine schlechte Stimmung noch immer dieses Pfefferminz war, das Fanny aus dem Handschuhfach genommen hat.

Was ist los, Jackpot, sagst du nichts mehr? Nervt dich was?

Muss mich auf den Verkehr konzentrieren.

Aber es ist ja praktisch kein Verkehr.

Ist egal, wenn ich fahre, dann fahre ich.

Irgendwas ist dir über die Leber gelaufen. Willst du nicht sagen, was?

Die Radiosender werden jeden Tag schlimmer.

Soll ich eine CD reinschieben?

Guter Plan. Wenn du was findest, das dir gefällt, machs rein und machs sehr, sehr laut.

Fanny spielt eine von Jacques Brel. Ne me quitte pas / Il faut oublier / Tout peut s'oublier / Qui s'enfuit déjà / Oublier le temps / Des malentendus / Et le temps perdu / A savoir comment / Oublier ces heures / Qui tuaient parfois / A coups de pourquoi / Le cœur du bonheur / Ne me quitte pas / Ne me quitte pas / Ne me quitte pas / Ne me quitte pas.

Verlass mich nicht / Man muss vergessen / Alles lässt sich vergessen / Was sich bereits verflüchtigt / Vergessen die Zeit / Der Missverständnisse / Und die verlorene Zeit / In der man herausfand wie / Man die Stunden vergisst / Die das Herz des Glücks / Durch ihr Warum getötet haben / Verlass mich nicht / Verlass mich nicht / Verlass mich nicht / Verlass mich nicht.

Das ist mal eine klare Ansage! Bravo, Brel! Das ist Musik!, sage ich und beruhige mich aufs Erste ein wenig. Und ich dachte für mich, dieser Jacques Brel ist wirklich eine Größe und es ist ein Jammer, dass ich mir den lange kaum angehört habe, obwohl bei mir die eine oder andere Platte von ihm rumliegt. Ne me quitte pas / Je t'inventerai / Des mots insensés / Que tu comprendras / Je te parlerai / De ces amants là / Qui ont vu deux fois / Leurs cœurs s'embraser / Je te raconterai / L'histoire de ce roi / Mort de n'avoir pas / Pu te rencontrer / Ne me quitte pas / Ne me quitte pas / Ne me quitte pas / Ne me quitte pas.

Verlass mich nicht / Ich erfinde dir / Sinnlose Worte / Die du verstehen wirst / Ich werde dir / Von jenen Liebenden berichten / Die ihre Herzen / Zweimal haben aufflammen sehen / Ich werde dir / Die Geschichte des Königs erzählen / Der gestorben ist / Weil er dir nie begegnet ist / Verlass mich nicht / Verlass mich nicht / Verlass mich nicht / Verlass mich nicht.

Meine Stimmung hebt sich ziemlich schnell. Ich erfinde sinnlose Worte für dich, die du verstehst. Das spielt doch in einer ganz anderen Liga als dieser verlogene Heimatkitsch von vorher. Brel tut mir wirklich, wirklich gut. Die klare Einfachheit ist etwas, das ich wohl, ohne es zu wissen, schon lange vermisst habe. Klarheit, Einfachheit und Schönheit. Wenn das einer so leicht zusammenbringt, dann hat er's drauf. On a vu souvent / Rejaillir le feu / De l'ancien volcan /

Qu'on croyait trop vieux / Il est paraît-il / Des terres brûlées / Donnant plus de blé / Qu'un meilleur avril / Et quand vient le soir / Pour qu'un ciel flamboie / Le rouge et le noir / Ne s'épousent-ils pas / Ne me quitte pas / Ne me quitte pas / Ne me quitte pas / Ne me quitte pas.

Oft haben wir gesehen / Wie das Feuer wieder emporschießt / Aus dem erloschenen Vulkan / Von dem man glaubte, er sei zu alt / Es gibt, so scheint es / Verbrannte Erde / Die mehr Weizen gibt / Als ein besserer April / Und wenn der Abend kommt / Vermählen sich da nicht / Rot und Schwarz / Damit der Himmel entflamme / Verlass mich nicht / Verlass mich nicht / Verlass mich nicht / Verlass mich nicht.

Ich schaue schüchtern rüber und sehe, dass Fanny auch ganz aufmerksam zuhört, wie Jacques Brel jetzt von alten Vulkanen singt, die noch etwas Feuer spucken. Das gefallt mir! Fanny, Brel und ich, wir sind alle zusammen ein paar Minuten auf demselben Trip. Ne me quitte pas / Je ne vais plus pleurer / Je ne vais plus parler / Je me cacherai là / A te regarder / Danser et sourire / Et à t'écouter / Chanter et puis rire / Laisse-moi devenir / L'ombre de ton ombre / L'ombre de ta main / L'ombre de ton chien.

Verlass mich nicht / Ich werde nicht mehr weinen / Ich werde nicht mehr sprechen / Ich werde mich verstecken / um dir zuzuschauen / beim Tanzen und Lächeln / Und dir zuhören / beim Singen und dann Lachen / Lass mich werden /

Schatten deines Schattens / Schatten deiner Hand / Schatten deines Hundes.

Es war gerade so gut und schön und so richtig. Ne me quitte pas / Ne me quitte pas / Ne me quitte pas / Ne me quitte pas. Irgendwann hat alles ein Ganzes ergeben, der Gesang, die Gitarre, das Motorengeräusch, der Rauch ihrer Kippe, die Bäume, die vorbeirauschten, und mein regelmäßiger Herzschlag. Und als wir in Noiraigue ausstiegen, war ich schon fast wieder euphorisch.

Also, Fanny, von hier an gehen wir zu Fuß. Manchmal wird es etwas steil, aber dafür ist es oben wunderschön. Ne me quitte pas. Ne me quitte pas.

Ich bin bereit, packen wir's an, sagt sie und gibt einen Rhythmus vor, bei dem ich kaum mithalten kann. Nach einer Viertelstunde bin ich endlich etwas warmgelaufen und von da an gehe ich voran. Beim Wandern bin ich manchmal wie ein Dieselmotor, schlechte Anfangsbeschleunigung, aber wenn die Maschine mal läuft, dann läuft sie. Der erste Teil ist ein Sträßchen, aber danach, nach der Ferme de Robert, wird es eng. Und wenn Leute runterkommen, muss man auf der Seite stehen, dass man aneinander vorbeigehen kann. Dann grüßt man auf Französisch, obwohl fast alle, die dort rauf- und runterwandern, Deutschschweizer sind. Bonjour. Bonjour.

Als wir aus dem Wald rauskommen, ist es schon fast

Viertel vor eins. Fanny sagt, sie habe Hunger, und ich sage, sie müsse sich noch etwas gedulden, denn zuerst müsse noch die Krete angeschaut werden, denn schließlich sind wir wegen diesem Gebirgskamm hinaufgekommen. Als Fanny den Kamm sieht, ist sie sprachlos. Sie schaut nur noch mit offenem Mund. Mir kam eine andere Szene in den Sinn, als ich mit einer anderen Frau mit dem Zug die ganze Nacht unterwegs war zu einer Stadt am Meer. Wir kamen am frühen Morgen an und gingen direkt mit dem ganzen Gepäck zum Fischerhafen runter. Und die Frau damals, Iris hieß sie, hatte das Meer noch nie gesehen und schaute im ersten Moment fast so wie Fanny jetzt am Creux du Van.

Sagst du nichts mehr, Fanny?

Das ist krass! Dieser Halbkreis mitten in der Landschaft! Der steht da, wie wenn er genau hier und sonst nirgendwo hingehören würde. Stell dir mal vor, hättest du das erfinden müssen, hättest du es nicht besser hingekriegt.

Ich eh nicht. Bin ja nicht Landschaftsarchitekt. Kann nicht mal richtig Pläne lesen.

Sie lacht und umarmt mich kurz. Ich war nicht darauf vorbereitet und versteife mich ein wenig.

Komm, wir rauchen noch eine Gipfelzigarette und danach gehen wir zu diesem Gasthof dort drüben, dort gibt es ein tadelloses Fondue.

Weshalb weißt du das?

Weshalb wohl? Weil ich schon öfters da war.

Mit wem?

Hey, Fanny, was soll diese Frage?

Ich frage nur, weil es Typen gibt, die absolvieren mit jeder Frau das gleiche Programm. Die gleichen Hotels, die gleichen Strände, die gleichen Wanderungen, die gleichen Videofilme, die gleichen Restaurants, die gleiche Musik zum Sex.

Die gleichen Geburtstagsgeschenke hast du noch vergessen.

Voilà. Und deshalb habe ich gefragt, mit wem du schon hier oben warst. Ich möchte einfach gerne wissen, ob ich nicht die Erste bin. Du hast meine Frage übrigens noch nicht beantwortet.

Ich kann dich beruhigen, soweit ich mich erinnern kann, bin ich entweder alleine oder mit Freunden hier gewesen, noch nie mit einer Frau. Und schon gar nicht mit einer wie dir.

Was für eine bin ich denn?

Was für eine du bist? Mein Gott, wenn ich das wüsste, sagte ich und guckte dabei fast etwas resigniert aus der Wäsche.

Fanny lächelt und ich habe den Eindruck, dass der Gedanke, dass ich nicht weiß, was für eine sie ist, ihr Freude macht. Ich hätte gerne noch etwas in dieser Richtung weitergeredet, aber dann wird es plötzlich laut und Fanny ist total abgelenkt von einem Typen, der auf einem Enduro-Motorrad über die Wiese fährt und von seinem Rad aus die Kühe zusammentreibt. Schaut sehr verwegen aus, sehr heldenhaft, dieser junge Bergler, fast wie ein Cowboy ohne Pferd und ohne Lasso, aber dafür mit einer unendlich lauten 125er-Yamaha.

Im Bergrestaurant war es etwas düster, aber auch gemütlich. Bitte bestellen Sie in der Küche. Danke. Also bestellten wir in der Küche, bei einer jungen Afrikanerin, die eine leise, wunderschöne Stimme hatte und sehr melodiös Französisch redete. Wir aßen Fondue und tranken dazu so einen Neuenburger Weißwein. Es war ein Wein, den man sehr wahrscheinlich nur in genau so einer Berghütte und mit so einem Fondue gut findet. Aber wenn man denselben Wein alleine zu Hause in der Küche trinken würde, dann wäre er höchstens unteres Mittelmaß.

Wie findest du's, Fanny?

Großartig!

Was ist großartig, der Wein?

Alles!

Fanny kratzte den letzten Rest aus dem Caquelon und strahlte wie ein neues Fünfzigrappenstück. Ihr Strahlen war ansteckend und ich dachte, dass das Leben manchmal, wenigstens für einen kurzen Moment, genau so ist, wie es sein sollte, nämlich sehr gut.

Auf dem Rückweg sagten wir beide wenig, und als der Weg breiter wurde, nahmen wir uns beim Gehen an den Händen. Hinterher hätte ich nicht mehr sagen können, wer wen zuerst. Ihre Hände waren wärmer als meine. Später schlief Fanny im Auto, und ich, ich gab mir alle Mühe der Welt, nicht ruckartig zu fahren, damit sie nicht aufwachte.

8

Als ich Fanny wieder nach Zofingen gebracht habe, will ich noch wissen, ob wir uns bald wiedertreffen. Aber sie sagt, in der nächsten Zeit werde es schwierig, weil zuerst habe sie viel zu tun für ihr Studium und danach sei sie für ein paar Tage in Belgien.

Was machst du in Belgien?

Ich schaue mir zwei Ausstellungen an, eine in Brüssel und eine in Antwerpen und dazwischen fahre ich noch ein bisschen ans Meer, wenn ich schon dort bin. Ostende soll sehr schön sein, dort wollte ich schon lange mal hin. Mir gefällt der Name.

Reist du alleine?

Warum fragst du?

Weil ich sonst mitkomme, als Bodyguard.

Fanny lacht und sagt, es sei nicht nötig, sie sei in guter Begleitung und ich müsse mir überhaupt keine Sorgen machen. Sie werde mir eine Karte schreiben und melde sich wieder, wenn sie zurück sei. Danach gibt sie mir einen Kuss auf den Mund, völlig aus dem

Nichts heraus. Und verschwindet dann so schnell, dass ich gar nichts mehr zu sagen weiß.

Die nächsten paar Tage arbeitete ich wieder an meinem Roman. Ich staunte selbst, wie diszipliniert ich sein konnte. Jeden Morgen setzte ich mich um halb neun hin, machte nur mittags eine kurze Pause und schrieb sonst durch bis abends um sechs. Ich hatte kurz davor irgendwo ein Interview mit einem bekannten Schriftsteller gelesen. Und dieser Schriftsteller sagte, er arbeite immer sehr regelmäßig, fast wie ein Beamter. Das beeindruckte mich, weil ich bislang dachte, große Schriftsteller arbeiten vor allem in der Nacht, wenn sie aus der Kneipe nach Hause kommen, und wenn sie tagsüber arbeiten, dann frühestens am Nachmittag. Aber nachdem ich dieses Interview gelesen hatte, beschloss ich für mich, ich wolle es genau so machen wie dieser Schriftsteller aus dem Interview und wie ein Beamter arbeiten, obwohl ich ja im Grunde genommen keinen blassen Schimmer habe, wie ein Beamter arbeitet. Es wäre übertrieben, zu behaupten, ich sei wahnsinnig weit damit gekommen. Immerhin blieb ich einigermaßen hartnäckig dran. Aber als mich Louis nach ein paar Tagen anrief und fragte, was ich mache und ob ich mitkommen wolle, um hinten im Tal eine Ausstellung anzuschauen, war ich froh, dass ich mir selbst gegenüber eine Ausrede hatte, um das Manuskript mal liegen zu lassen.

Was für ne Ausstellung denn?

Die Marie-Claire aus Morges, eine Frau, die ich noch von früher her kenne, auch eine gute Kollegin von Grunder, eine sehr gute Malerin, stellt in einer Galerie in Balsthal Bilder aus. Es sind alles Bilder aus der Bretagne. Heute ist sie selbst in der Galerie und ich hab ihr versprochen, dass ich komme. Wir können die Bilder anschauen und danach mit Marie-Claire weiter nach Moutier fahren, um Kutteln zu essen, falls du Zeit hast. Koni kommt übrigens auch mit.

Welcher Koni?

Haller, weißt du, der mit den Haaren.

Aha, der, sehr gut, wann fahren wir?

Sobald du bei mir bist. Brauchst nicht zu klingeln, unten ist offen. Und bring mir bitte eine Packung Zigarren mit. Ich hab nichts mehr zu rauchen im Haus.

Koni und Louis zielen mit Dartpfeilen auf ein Zeitungsbild von George Bush Junior, das sie zu diesem Zweck an der Innenseite der Wohnungstür aufgehängt haben. Als ich klopfe und die Türe öffne, werde ich beinahe am Kopf getroffen. Konis Pfeil fliegt knapp über meinem Seitenscheitel in die Tür rein. Ich zucke zusammen.

Hey, passt doch auf, ihr Penner!

Sorry, hab gar nicht gesehen, dass du da bist. Du ähnelst eben extrem unserer Zielscheibe.

Ich drehe mich um, um zu sehen, was Koni meint.

Da sehe ich das Porträt von George Bush an der Türe, von unzähligen Pfeilen durchlöchert. Ich betone noch einmal, sie seien extreme Kindsköpfe. Klar finde ich es selbst auch lustig, aber ich will es nicht zugeben, weil ich immer noch den Luftzug des spitzen Pfeils über meiner Frisur spüre.

Ich gebe Louis die Zigarren. Koni zieht die Pfeile aus der Tür. Spielen wir noch eine Runde?, fragt er und erklärt mir das Punktesystem: Die Augen zählen fünfzig, der Mund dreißig, die Stirn zwanzig und die Wangen zehn. Doch Louis sagt, fahren wir besser los, sonst kommen wir zeitlich in die Bredouille, wenn wir danach noch in Moutier essen gehen wollen.

Kommt Grunz auch mit?, frag ich.

Nein, warum meinst du?

Ich frag ja nur. Der ist ja sonst immer sofort mit dabei, wenn es darum geht, ein schönes Fährtchen zu machen.

Louis geht voran Richtung Tiefgarage, sagt, wir können draußen warten, und eine Minute später steht sein glänzender Jaguar bereit. Koni sagt, er sitze hinten, also setze ich mich auf den Beifahrersitz und schaue als Erstes, ob die Pfefferminzbonbons noch im Handschuhfach liegen. Ob sonst noch jemand ein Pfefferminz wolle, frage ich.

Hey, Jackpot, diese Pfefferminzbonbons gehören Fanny, sagt Louis, die kannst du nicht einfach verschenken.

Ich kauf danach eine Schachtel, du Heulsuse. Und wenn ich keine kaufe, wärs auch nicht so schlimm, Fanny ist meinetwegen alles Mögliche, aber ganz sicher nicht geizig. Glaub mir, wenn sie da wäre, würde sie auch Pfefferminz verteilen.

War ja nur ein Spruch. Atme mal durch. Bist etwas angespannt. Jack, solltest versuchen, wieder lockerer zu werden. Ich hab das Gefühl, es fehlt dir in letzter Zeit an Leichtigkeit. Daran musst du arbeiten. Die Leichtigkeit ist die erste Bedingung, um glücklich zu sein. Und wenn ich dir noch einen guten Tipp geben darf, dann – Heeeey, fahr doch noch doofer raus, du traurige Toyota-Träne. Echt! Ich glaubs nicht! Habt ihr den gesehen? Fährt einfach ohne zu schauen raus. Als würde die Straße ihm gehören.

Louis musste brüsk abbremsen, damit nichts passierte. Dieser Corolla, der ohne zu schauen rausgefahren kam, hatte vielleicht selbst nichts gemerkt, war jedenfalls schon lange weg.

So ein Lulatsch, habt ihr den gesehen?, fängt Louis wieder an. Der Idiot überlegt zwei Mal nichts. Fährt einfach raus. Hätte ich nicht so nen schnellen Fuß, hätten wir diesen Clown zerquetscht, ich schwörs. Und nun fährt er weiter, als wäre nichts gewesen, diese bekiffte Blindschleiche!

Lockerer werden, Louis, musst lockerer werden. Leichtigkeit ist die erste Bedingung zum Glücklichsein, sagen die Philosophen.

Jetzt muss er lachen. Es ist schön, wenn Louis lacht. Und wenn er über sich selbst lachen muss, ist es noch schöner.

In der Galerie gibt es ein großes Hallo. Links und rechts, schau, der Jackpot, ein Schriftsteller aus Olten, darf ich bekannt machen, Marie-Claire, un honneur de faire votre connaissance, eine Ehre, Sie kennenzulernen, pareillement, gleichfalls. Et voici, Koni, un ami de toute la vie, und das ist Koni, ein lebenslanger Freund, enchanté, sehr erfreut, bonjour, Madame. Nein, nein, ich bin nicht Madame, heiße Marie-Claire. Un plaisir. Eine Freude. Ganz meinerseits. Koni, das ist Frau Stalder von der Galerie. Guten Tag Frau Stadler. Nein, nid Stadler, Stalder. Qu'est-ce qu'il dit? Was hat er gesagt? Madame heißt Stalder. Sag ich doch. Schön, seid ihr da. Schön durften wir kommen. Es freut mich. Ebenfalls.

Marie-Claire war ungefähr sechzig, gut in Schuss, so ein Typ Frau, der auf sich achtet und wahrscheinlich jeden Tag etwas Yoga oder Gymnastik macht, aber ohne darüber zu reden.

Wir schauten ihre Bilder an, bewunderten und kommentierten sie. Es waren Landschaften, Landschaften mit Kühen, Landschaften mit Schafen und Landschaften ohne Kühe und ohne Schafe. Das Spezielle waren die Farben. Sie malt alles mit hellen Farben, neblig, geheimnisvoll. Die Malerin selbst sagte nichts und wartete, bis wir wieder beim Tischchen am Eingang angekommen waren. Louis begann sie zu loben. Aber es war ehrlich gesagt fast peinlich. Sie sei auf der Höhe ihres Schaffens angelangt, Gran Reserva, premium class, formidabilissimo, excellent und so weiter. Tu parles, Louis, sag so was nicht, aber natürlich hatte sie doch etwas Freude.

Ich sage nur einen Satz: J'aime les vaches. Ich liebe die Kühe. Und an der Reaktion, so wie sie nickt, merke ich, dass ich das Richtige gesagt habe. Da fragt Louis, ob sie schon was verkauft hat, und sie sagt, es läuft sehr gut und dass sie nicht gedacht hätte, dass sie in Balsthal so viel verkaufen würde.

Hey, Balsthal darfst du nicht unterschätzen, gibt Koni von sich, Balsthal werde unterschätzt. Balsthal hat eine Magie, die es noch zu entdecken gelte. Nein, ehrlich, Balsthal wird unterschätzt. Oder vielleicht ist es umgekehrt, vielleicht werden andere Ortschaften überschätzt und so kriegt man den Eindruck, Balsthal werde unterschätzt. Du kannst es mir glauben, fährt Koni auf Französisch fort, Balsthal ist ein Dorf voller noch nicht entdeckter Poesie, eine versteckte Schönheit. Man muss wissen, dass Balsthal immer eine unterschätzte Stadt war, verstehst du?

Wir staunen, wie Koni das Französisch beherrscht. Doch Louis widerspricht ihm. Da musst du extrem tief graben, um an diesem Balsthal etwas Poetisches zu entdecken.

Aber Koni lässt sich nichts sagen. Hör doch auf, Louis. Du bist arrogant. Es ist die Arroganz desjenigen, der zu wenig weiß und zu wenig versteht. Ich bin bis zur fünften Klasse in Balsthal aufgewachsen. Bis mein Vater die Stelle bei Siegfried in Zofingen gekriegt hat. Ich kenne Balsthal besser als du. Schon die Klus, stell dir vor, ein natürliches Quertal, erklär mir das mal! Die Juraketten gehen von Ost nach West, aber die Klus verläuft quer dazu.

Gehen wir jetzt Kutteln essen – oder was ist los?

Auf dem Weg nach Moutier erkundigte sich Marie-Clarie nach dem Grunz und ob er nicht auch habe kommen wollen. Mon vieux ami, mein alter Freund Grunder.

Der wäre sicher gerne mitgekommen, aber er sei zurzeit auf einer Studienreise in Belgien, sagte Louis. Sie wisse doch: Grunder liebt kleine Reisen.

Wo ist er?, rufe ich, als wäre etwas Schlimmes passiert.

Belgien, Belgium, Belgique, das ist ein mehrsprachiges Königreich in der Nähe von Luxemburg und in der Nähe von Holland, grenzt aber auch an Deutschland und Frankreich. Das Land gehörte früher einmal zu den spanischen Niederlanden. Große Rennradfahrer-, Taubenzüchter- und Biertrinkernation. Das mit dem Bier ist historisch, weil die Trappistenmönche jeweils in der Fastenzeit schauen mussten, dass das Volk genug Kalorien zu sich nimmt. Und deswegen brauten sie starkes Bier. International bedeutende Persönlichkeiten von Belgien: Georges Simenon, Jacques Brel, Eddy Merckx, Jean-Marie Pfaff, Tim und Struppi.

Alle lachen über die knappe Geografielektion, nur ich nicht. Ich beiße mir auf die Lippen und denke an Fanny und glaube, jeden Moment den Verstand zu verlieren. Ich beginne mir vorzustellen, wie Fanny und Grunz sich ein Hotelzimmer teilen, wie sie morgens Grunz den Nacken massiert, wie sie ihm beim Frühstücksbuffet Rührei holt und wie sie am Nachmittag in einer Bar in Antwerpen mit ihm ein großes Leffe trinkt und auf die Liebe zur Kunst anstößt. Verdammt, ausgerechnet der Grunz! Der unverwechselbare, unschlagbare, unübertroffene, unbeschreibliche Grunz! Es soll doch bitte jemand schauen, dass die Welt sich augenblicklich aufhört zu drehen!

Es dauert ungefähr zwanzig Minuten, bis ich mich so weit beruhigt habe, dass ich in unauffälligem Plauderton fragen kann, ob Grunz alleine nach Belgien gefahren sei.

Weiß ich doch nicht, sagt Louis, zumindest seine Mutter hat er nicht gut mitnehmen können, die ist vor über zwanzig Jahren verstorben. Alle im Auto lachen wieder, alle außer mir. Es herrscht ein großes Durcheinandergerede und ein großes Durcheinandergerauche. Marie-Claire genießt es offensichtlich und rühmt die Landschaft. Koni macht ständig das

Fenster rauf und runter. Louis lässt seinen Schlitten mit sichtlichem Vergnügen gleiten. Aber als wir in Moutier ankommen, gibt es ein unerwartetes Problem.

Die Kneipe, in der Louis mit uns Kutteln essen wollte, ist jetzt eine Pizzeria, so wie fast jede Kneipe in Moutier nun eine Pizzeria ist. Niemand will mehr kochen. Es wollen alle nur noch Pizza backen. Und die Leute freuen sich. Sie essen offensichtlich einfach das, was sie kriegen. Was? Schon wieder eine Kneipe von einer Pizzeria verdrängt worden? Macht doch nichts, bestellen wir halt noch mal eine Pizza. Für mich eine Margherita! Für mich eine Prosciutto Funghi!

Bei unserer Truppe ist es allerdings anders. Wir lassen uns nicht von unseren Ideen abbringen. Was machen wir jetzt? Nehmen wir eine Pizza oder fahren wir weiter durch den Jura, bis wir Kutteln finden?

Was haben wir gesagt? Wir haben gesagt, wir gehen Kutteln suchen! Irgendwo wird es doch in diesem Jura noch richtig gut gemachte Kutteln geben. Ihr wollt mir doch nicht erzählen, die Westschweizer hätten von einem Tag auf den anderen aufgehört, Kutteln zu essen. Schalottenwürfel in wenig Öl anziehen. Wenn ein runder Duft aufsteigt, die vorgekochten Kuttelstreifen dazugeben und unter Wenden ebenfalls anziehen. Mit Weißwein und Wermut ablöschen, dann mit heißer Bouillon auffüllen. Gewürze dazugeben und fünfundvierzig Minuten köcheln lassen. Das ist doch keine Hexerei. Riecht ihr, wie es riecht?

Koni telefonierte sich durch alle Kneipen in der Region, bis wir wussten, wer uns Kutteln kochen würde. Mehr als eine Stunde später bekamen wir im Abeille in La Chaux-de-Fonds endlich unsere Kutteln. Neuenburger Art, an einer Weißweinsoße, fehlerfrei. Aber meine Güte, war das eine Sache, bis wir sie gefunden hatten. Und es war eine Sache, bis wir sie gegessen hatten. Auch eine Sache war es, bis wir sie verdaut hatten. Und Koni, der Lulatsch, dachte wohl, die Verdauung gehe schneller, wenn er mich noch ein wenig ärgern würde:

Der Wein ist gut. Das Wetter ist gut. Die Gesellschaft ist gut. Die Kutteln sind sehr gut. Alle freuen sich und nur du hast immer noch so einen skeptischen Blick, als würde es in jedem Moment zu regnen anfangen und du hättest bemerkt, dass du den Schirm im Zug hast liegen lassen. Was ist los, Jackpot? Kaust du noch immer an dem Gedanken rum, dass unser lieber Freund Grunder mit der wunderschönen Fanny Kulturferien in Belgien macht? Bist du etwa traurig, weil sie zusammen in Ostende barfuß den Strand entlanggehen? Deine Spuren im Sand, die ich gestern noch fand, hat die Flut mitgenommen. Was gehört nun noch mir? Deine Liebe, sie schwand, wie die Spuren im Sand. Was ist mir nur geblieben? Nur die Sehnsucht nach dir! Ist von Howard Carpendale, ein Song wie ein Schlag ins Gesicht. Aber man hat ihn noch hundert Jahre später im Ohr. Weißt du, wie kalte

Füße du dort an der Nordsee kriegst, wenn du stundenlang barfuß dem Strand entlanggehst? Die holen sich unkorrigierbare rheumatische Beschwerden, kann ich dir sagen.

Wie willst du wissen, dass sie zusammen unterwegs sind?

Weil ich es halt weiß. Weil es mir der Grunder selbst gesagt hat. Und wenn Grunder von Fanny erzählt, dann hat er das Herz eines Jungen und seine Augen glänzen wie frisch polierte Schuhe.

Halt den Rand, Koni, du nervst!

Ich schlage so stark mit der flachen Hand auf den Kneipentisch, dass die Gläser wackeln.

Oh, oh, Jackpot, jetzt gehts aber ab. Willst du eine Ansprache halten? Wir hören, wir sind ganz Ohr. Silentium! Silentium! Der junge Mann hat etwas zu erzählen.

Das ist Louis, der nicht mitgekriegt hat, worum es geht. Und Koni fühlt, dass er einen wunden Punkt getroffen hat, also macht er weiter. Es ist, wie wenn ein Kind merkt, dass ein anderes Kind schnell wütend wird. Und das Kind, das es gemerkt hat, macht sich ein Spiel daraus, herauszufinden, wie weit es gehen kann.

Nein, liebe Tischgenossen, sagt Koni, es gibt keine Ansprache. Unser lieber Freund und überregional ambitionierter Schriftsteller, unser Spezialist für Sportwetten, Hunderennen und unruhige Frauenherzen hat seine innere Mitte verloren, weil ihm gerade erst klar geworden ist, dass die begehrenswerte Fanny von Zofingen mit dem berüchtigten Frauenflüsterer und Womanizer Gregor Grunder das Kulturland Belgien bereist.

Kannst du nicht einfach mal die Fresse halten, Koni?, frage ich. Es ist nicht so schwierig. Musst nur schauen, dass Oberlippe und Unterlippe sich berühren, und dann so verweilen.

Louis tut es offensichtlich leid, dass er in ein Wespennest gestochen hat. Er versucht, ein wenig Hitze aus dem Gespräch zu nehmen:

Kommt, reden wir doch von was Interessanterem. Was denkst du, Marie-Claire?

Sie ist einverstanden. Sie wisse eh nicht, wer diese Fanny sei und wo das Problem liege, sagt Marie-Claire. Aber sie sei dafür, dass man noch einen kleinen Digestif zum Kaffee bestelle.

Keine ganz blöde Idee, was Gebranntes schadet eigentlich nie, sagt Koni jetzt. Aber für Jackpot lieber nur ein ganz kleines Gläschen. Er habe nämlich das Gefühl, der sei zurzeit leicht absturzgefährdet. Stimmts, Jackpot?

Wenn du nicht endlich aufhörst, hau ich dir eine runter, Koni. Pass auf, ich meine es ernst.

Jetzt schaut mich Koni an, als hätte ich einen schlechten Witz gemacht. Dann deutet er mit den Fäusten eine Deckung an, wie man es bei Boxern sieht. Float like a butterfly and sting like a bee, sagt er. Komm, gib einen Jab. Rechts antäuschen, links schlagen. Aber denk daran, ich bin schneller als das Licht. Ich bin der Ali von Olten. Gegen mich hat nicht mal Sonny Liston eine Chance. If you want to lose your money, be a fool and bet on Sonny.

Ich habe die Schnauze voll, stehe auf und gehe nach draußen. Louis kommt mir nach. Ich solle doch den Koni seinen Blödsinn erzählen und mich doch nicht provozieren lassen. Wir hätten es doch so schön. Und außerdem gebe es doch keinen Grund, sich so in die Sache reinzusteigern. Vier Mal »doch« in sieben Sekunden! Und danach mit sachlicher Stimme: Die Fanny gehört ja nicht dir.

Wem dann? Wem gehört sie dann? Dem Grunder?

Nein, Jackpot, die Fanny gehört niemandem, sie gehört sich selbst. Sie ist frei und kann in die Ferien fahren, mit wem sie will.

Wieso weißt du das?

Wieso weiß ich was?

Eben dass sie frei ist. Du kannst doch gar nicht wissen, was zwischen mir und Fanny gelaufen ist.

Jetzt beginnt Louis nachzudenken. Da lächelt er und sagt, es stimmt, er könne es nicht wissen. Aber egal, was gewesen ist, offensichtlich war es zu wenig, als dass Fanny deswegen ihre Reisepläne umstellen wollte. Und ich müsse lernen, dass Fanny ein freiheitsliebender Mensch sei.

Meinetwegen. Aber ein Dozent kann nicht einfach mit seiner Studentin in die Ferien fahren, das ist ein Missbrauch seiner Dings, seiner Machtposition.

Hast du das Gefühl, Grunder habe irgendwann in seinem Leben irgendwo eine Machtposition innegehabt? Grunder ist wie du und ich glücklich machtlos oder machtlos glücklich. Und außerdem sind sie ja gar nicht in den Ferien. Sie sind auf einer Bildungsreise. Das ist ein Unterschied, Jackpot. Und abgesehen davon, ich könnte ja auch eifersüchtig sein, wenn du meinen Jaguar brauchst, um mit Fanny einen Ausflug in die Berge zu machen. Schließlich kenne ich sie viel länger als du.

Und, bist du es?

Nein, ich bin nicht eifersüchtig. Ich mag allen alles gönnen. Das lernst du mit dem Alter, glaubs mir, und wenn du es nicht lernst, hast du ein böses Alter.

Louis lässt mich stehen und geht wieder zurück in die Gaststube. Ich denke im Korridor noch über das mit dem bösen Alter nach, da kommt Marie-Claire auf dem Weg zur Toilette an mir vorbei.

Alors, Jacques, sag mir, was ist passiert gewesen?

Ich heiße nicht Jacques, nur Jackpot.

Aber sag mal, was ist los? Man sagt mir, du bist eifersüchtig.

Die Kollegen reden zu viel.

Ich kenne dem beide Kollegen. Louis ich kenne ihm schon seit vierzig Jahren und Gregor auch. Marie-

Claire sagte dies beiläufig und schaute dabei zum Ende des Korridors, wie in diesen Filmen, in denen die Figuren immer dann, wenn sie was Bedeutungsvolles sagen, nicht ihr Gegenüber anschauen, sondern neben jemandem stehen und zum Horizont blicken. Gregor und Louis sind so, wie sie sind. Sie teilen ihrem Liebe zum Kunst und ihrem Liebe zum Frauen.

Und die Frauen selbst, teilen sie die auch?

Marie-Claire zwinkert mir zu und sagt, à l'époque c'était la folie – es war eine verrückte Zeit! Du kannst das dir nicht vorstellen.

Ich wusste nicht genau, weshalb, aber ich wollte plötzlich nicht noch mehr hören. Ich sagte zu Marie-Claire, es sei mir etwas schlecht und ich möge nicht mehr reden. Ich gehe zum Bahnhof und nehme den Zug nach Hause. Louis hat noch kurz versucht, mich umzustimmen. Sagte, wir können ja danach noch ins Uhrenmuseum, wenn wir schon mal da seien. Gebe einiges zu sehen in diesem Uhrenmuseum. Aber ich hatte mich entschieden. Ich ging. Auf dem Weg zum Bahnhof und danach bei der Zugfahrt brachte ich keinen geraden Gedanken zustande. Ein Wunder, dass ich nicht gleich losheulte. Aber ich glaube, nicht einmal das wäre mir in diesem Zustand gelungen.

Als ich zu Hause ankomme, leere ich zum ersten Mal seit fünf Tagen den Briefkasten. Ist übervoll. Eine Mahnung von der Haftpflichtversicherung.

Rechts ablegen. Ein Bettelbrief von der Paraplegikerstiftung. Entsorgen. Ein Werbebrief von einem Kleiderversand. Entsorgen. Das *Katholische Kirchenblatt*. Links ablegen. *Der Stadtanzeiger*. Links ablegen. *Die Neue Oltner Zeitung*. Entsorgen. Ein Katalog für Gartenbedarf. Entsorgen. Eine Rechnung für Strom und Wasser. Rechts ablegen. Ein Buch, das ich antiquarisch bestellt habe. Auspacken, die Rechnung rechts ablegen. Ein Hochglanzmagazin einer Kreditkartenfirma. Entsorgen. Und als ich das alles sauber vor mir verteilt habe, liegt da noch eine Karte von Fanny.

Auf der Karte ist die belgische Flagge abgebildet und dazu ein englischer Text: What happens in Belgium stays in Belgium, also, was in Belgien geschieht, bleibt auch dort. Ein eher unangenehmer Spruch, der nicht unbedingt hilft, meine Eifersucht zu lindern. Wer entwirft wohl solche Karten mit solchen Sprüchen? Was sind das für geistlose Spaßvögel. What happens in Belgium stays in Belgium. Denselben Deppenspruch gibt es ja wohl über jedes Land in der Welt. Doch hat der Spruch nicht in jedem Land den gleichen Flow. What happens in Bosnia-Herzegovina stays in Bosnia-Herzegovina zum Beispiel klingt nicht halb so gut.

Die Wahl der Karte hat Fanny also versiebt. Aber dafür hat sie wunderbar geschrieben, das muss ich zugeben, kurz und schön: Lieber Jackpot, bald ist die

Hälfte meiner Reisezeit vorbei. Denke hier in Antwerpen viel und lieb an dich, weil ich finde, diese Stadt würde ausgezeichnet zu dir passen oder du zu ihr. Herzlich, Fanny. Und darunter noch Grunders Unterschrift mit einer kleinen Zeichnung von einem Schiff am Hafen.

Ich betrachte die Karte noch etwas länger, dann stelle ich sie auf den Sims über dem Fenster, aber verkehrtrum, also so, dass ich ihre Schrift sehe und nicht das Geseier von wegen, was dort geschieht, das bleibt auch dort.

Dank diesem Kartengruß geht es mir immerhin wieder gut genug, dass ich mich bewegen mag. Ich gehe ins Galicia, um zu schauen, ob dort schon jemand rumhängt. Niemand. Nur ich und Rita an der Bar. Meine Güte, Rita, hier tanzt ja der Bär! Volle Kantine, volle Kehlen, volle Kasse.

Sehr witzig. Ich hab erst eben aufgesperrt. Die werden schon noch kommen. Was nimmst du?

Ich nehm alles, was du mir hinstellst. Oder hab ich irgendeinmal irgendetwas nicht genommen? Hab ich einmal nicht ausgetrunken?

Sag mal, bist du heute der Scherzkeks, Jackpot?

Sorry. Gib mir ein Bier.

Normal oder trüb?

So normal wie möglich.

Rita hat mir das Bier kaum hingestellt, da kommt eine Gruppe Leute rein, die wie Musiker aussehen, was einen auch nicht verwundern sollte, weil es wirklich Musiker sind: Die Denise, die Saxofonistin, die auch singt und die in guten Momenten eine Stimme hat wie Dolly Parton. Jolene, Jolene, Jolene, Jolene / I'm begging of you please don't take my man. Jolene, Jolene, Jolene, Jolene / please don't take him just because you can. Und mit Dolly-Denise kommen auch alle anderen. Zuerst Geri, mein Lieblingsjazzer, dann Andi, der bei Geri und Denise Schlagzeug spielt, Henry, einer der besten Pianisten, den man sich vorstellen kann, einer, der schon lange sehr groß rausgekommen wäre, wäre er nicht so fixiert gewesen auf alles, was einen zuzudröhnen vermag. Was willst du machen? Pianisten sind die empfindlichsten Seelen im Musikgeschäft. Die einen kompensieren das mit Arroganz, die anderen mit Rauschmitteln.

9

Ich freue mich, diese Truppe wieder einmal zu sehen. Hallo zusammen, kommt ihr von der Arbeit oder geht ihr erst?

Beides, sagt Geri. Wir haben gerade den ganzen Tag geprobt und um neun spielen wir im Salzhaus in Brugg.

Aha, im Salzhaus, klingt gut, klingt optimal, das Salzhaus kenne ich, ein schönes Lokal.

Schön, schön, schön, schön, lallt nun Henry mit halblahmer Zunge. Schön! Suche ein schöneres Adjektiv für schön, schrieb unsere schöne Lehrerin jeweils unter den Aufsatz. Alles ist schön, Jack! Unsere Musik ist schön. Das Salzhaus ist schön. Brugg ist schön. Und die Aare, die Aare darfst du nicht vergessen, die Aare, die alte Schlange, die ewige, ewige, ewige Aare, auch sie ist schöööön, und vor allem, sie verbindet Brugg mit Olten oder umgekehrt.

Ich mustere Henry. Sehe, wie er mit den Füßen nach dem Gleichgewicht sucht. Sehe, wie er mit einer

Hand immer wieder seine Nase berührt, als ob er spüren wolle, ob sie noch da ist. Ich schaue Henry einen Moment lang an und sehe jemanden, der nicht in dieser Welt steht. Ich locke Geri einen Moment von der Gruppe weg. Du, Geri, sag mal, was ist denn mit dem los?

Was, mit Henry? Weiß auch nicht. Wahrscheinlich hat er was genommen, so wie immer.

Das hab ich auch vermutet, dass er was genommen hat, aber wahrscheinlich keine Ovomaltine. Hast du seinen Blick gesehen? Sieht nicht gut aus!

Geri hebt nur kurz die Schultern. Was willst du machen? Jeder ist, wie er ist, und jeder nimmt das, worauf er Lust hat. Bei Henry mach ich mir nicht zu viele Gedanken. Den kenne ich schon zu lange. Kaum sitzt er am Klavier, ist alles andere unwichtig.

Meinst du? Ich hab eher das Gefühl, Henry taucht gleich für immer in seine Zwischenwelt ab.

Na, weißt du, wie oft ich bei Henry schon gedacht habe, er dämmere jeden Moment ein, und dann, kaum fängt der Gig an, ist er wacher als wir alle. Henry ist ein medizinisches Phänomen und einer der besten Pianisten südlich des Nordpols.

Ich hoffe, du hast recht.

Wir gingen zur Gruppe zurück, redeten von diesem und jenem. Wieder mal eine richtig gute Kneipenplauderei, leicht und doch nicht oberflächlich, flüssig und doch nicht banal. Außer wenn Henry sich einschaltete. Dann wurde es sofort wieder schleppend: Müsst ihr mir glauben! Die Aare ist eine Schlange. Sie schlängelt sich durch die Aareschlucht, durch den Brienzersee, durch den Thunersee, durchs Aaretal, durch Bern, durch den Wohlensee, durch den Bielersee, sie schlängelt sich durch alles. Sie ist in Solothurn, hier in Olten, sie ist in Aarau, und kommen wir nach Brugg, ist sie auch schon dort. Ihr werdet staunen! In Brugg ist sie ebenfalls! Die Aare, das ist eine glitschige, gefährliche Schlange. Und hat sie Hunger, frisst sie ein Kind oder einen Hund oder ein altes Fahrrad.

Schon gut, Henry, wir habens kapiert! Nimm einen Schluck Wasser und geh einen Moment an die frische Luft.

Die Aare ist eine Schlange, die Schwimmer frisst, Uferwege frisst, tote Tauben frisst, die immer genau das frisst, was sie will.

Wow, Henry! Die Metapher der Schlange musst du patentieren lassen. Mancher Dichter wäre dir dankbar für dieses Bild! Verkauf doch das Urheberrecht dem Schriftstellerverband.

Sollen selbst nachdenken, die Dichter, diese Faulpelze, sollen selbst auf die Idee kommen! Ich bin Musiker, ich kann nicht auch noch für die Dichter denken! Ein paar von denen sind übrigens auch Schlangen, Würgeschlangen, sie würgen dich mit Schlangensätzen, bis du keine Luft mehr kriegst.

Bravo, Henry. Du sagst es.

Die Musiker fragten mich, was ich noch vorhabe. Und weil mir spontan nichts einfiel, schlugen sie vor, ich solle doch mit ihnen nach Brugg fahren und mir den Gig anhören. Sie würden dem Veranstalter sagen, ich sei der Tourmanager, dann könne ich mit ihnen ins Backstage und nach dem Auftritt noch was essen.

Kein schlechter Plan, denke ich. Mit Musikern unterwegs zu sein ist immer noch besser, als alleine zu Hause rumsitzen, bis man ins Grübeln kommt.

Denise flirtet ein wenig mit mir und flüstert mir ins Ohr, sie freue sich, dass ich mitkomme. Für sie sei es motivierend, auf der Bühne zu stehen und sich vorzustellen, sie spiele den ganzen Abend speziell für einen Menschen.

Und dieser eine Mensch wäre heute Abend also ich?

Deshalb sag ich es ja, sagt Dolly-Denise und lächelt mich vieldeutig an.

Wow, Denise. Das ist mir natürlich eine Ehre. Dann höre ich das ganze Konzert lang nur deinem Saxofon zu. Die anderen Instrumente werde ich rausfiltern.

Das ist das Minimum, das ich erwarte, Jackpot.

Einerseits war ich etwas verwundert, dass mir Denise solche Avancen macht. Andererseits dachte ich, das ist die gerechte Strafe für Fanny, weil sie mit Grunz nach Belgien gefahren ist.

Siehst du, Fanny, dachte ich, wenn du mit Grunz in die Ferien fährst, dann kann ich auch ein wenig mit Denise rumschäkern.

Das Konzert hatte einen guten Drive. Wenig Gelaber, kurze Ansagen und viel Konzentration. Ein guter Flow, gute Rhythmuswechsel, so wie es sein muss. Henry spielte wie ein Gott. Er bewegte den Oberkörper vor und zurück, dass man meinen konnte, das Klavier bewege sich mit ihm. Er war hellwach, und obwohl er nicht darauf aus war, kriegte er fast bei jedem Stück einen Zwischenapplaus. Nicht, dass wahnsinnig viele Leute im Saal gewesen wären. Doch diejenigen, die dort waren, hörten genau zu und ließen sich immer wieder begeistern. Und wovon lässt sich das Publikum bei einem Konzert begeistern? Von charismatischen Figuren, die was können. Viele Bands haben keine einzige solche Figur. Bei Geris Band hingegen ist jedes Mitglied eine.

Nach dem Gig aßen wir mit dem Veranstalter und den Technikern. Geschnetzeltes Kalbfleisch mit Rösti. War gut. Soll der Magen selbst zusehen, wie er das mit den Kutteln vom Mittag in Einklang bringt.

Henry tauchte ziemlich schnell wieder in seine eigene Welt von Schlangen und Schönheit ab. Geri war müde und glücklich. Andi spielte die ganze Zeit mit seinem Besteck. Denise flirtete noch immer mit mir. Und als wir nachts um halb zwei wieder in Olten waren und alle Instrumente, Lautsprecher und Verstärker im Übungsraum versorgt haben, fragt sie geradeheraus, ob ich bei ihr übernachte.

Bist du alleine zu Hause?

Wenn es nicht so wäre, würde ich wohl nicht fragen. Ich bin alleine und würde mich deshalb freuen, wenn du kommst. Aber ich dränge nicht, Jackpot. Entweder du kommst oder du kommst nicht.

Ich würde gerne kommen, höre ich mich sagen.

Also, vamos!

Hey, hey, Denise, ich hab nicht gesagt, ich komme, ich hab gesagt, ich würde gerne kommen. Du musst den Konjunktiv ernst nehmen. Der Konjunktiv macht die Sprache differenzierter. Ich käme gerne, komme aber nicht.

Also wartet eine andere auf dich?

Schön wärs.

Was ist es denn sonst, wenn es nicht das ist? Was hält dich ab?

Ich suche nach einer guten Antwort, was Philosophisches, was Tiefsinniges, was Mystisches, was Schlaues, etwas, das Denise sofort einleuchtet und mir selbst auch. Aber nichts dergleichen fällt mir ein.

Sag mal, ist was mit dir, Jackpot?

Nein, nichts, sorry. Alles ist gut. Gehn wir?

Ich nehme Denise am Arm und wir gehen zu ihr nach Hause. Denise wohnt hinten beim Vögeligarten. Im Treppenhaus riecht es nach Zitrone. Also nicht nach richtigen Zitronen, aber nach irgendeinem Putzmittel mit Zitronengeruch. Strahlend sauber dank Allzweckreiniger mit Zitrusfrische für strahlenden Glanz mit wenig Mühe. Jetzt 30 Prozent mehr Inhalt.

Du, Denise, wird bei euch das Treppenhaus von jemandem gereinigt oder müssen das die Mieter selber machen?

Nein, es kommt eine Reinigungsfirma. Warum?

Hat mich einfach interessiert, weil es so sauber ist.

Die Nacht wurde ein kleines Fiasko. Wir saßen Ewigkeiten auf ihrem Sofa und redeten. Denise versuchte, der Situation einen Touch Romantik zu geben, mit sanfter Musik, Kerzenlicht und einer Flasche Barolo. Ich musste die ganze Zeit an Fanny denken und kam deswegen nicht recht in Stimmung.

Irgendwann war Denise klar, dass es ziemlich sinnlos war mit mir. Kein Problem, sagte sie. Sie merke, dass ich gedanklich nicht frei sei. Falls mich etwas belaste und ich darüber reden wolle, sei sie jederzeit bereit, zuzuhören.

Ich mochte nicht darüber reden. Es gibt Dinge, über die man nicht reden kann. Ich trank dann mit Denise noch einen Kräutertee in der Küche, wir würfelten und ich sagte, es tue mir ernsthaft leid, dass ich so ein seltsamer Kerl sei. Das hätte ich allerdings nicht sagen müssen, weil Denise fand, es sei echt kein Problem. Es sei wirklich schön, dass ich da sei, denn sie wolle einfach nicht alleine sein. Das sei bei ihr manchmal so, seit sie nicht mehr mit anderen Leuten zusammenwohne, dass sie die Einsamkeit kaum ertrage und jemanden in der Nähe brauche.

Schaff dir doch einen Hund an. Ein Hund ist gut

gegen die Einsamkeit. Viele Leute, die nicht gerne alleine sind, haben Hunde. Ein Hund gibt einem das Gefühl, dass man für jemanden da ist. Es gibt keinen besseren und treueren Begleiter. Und abgesehen davon gibt einem ein Hund auch eine Tagesstruktur.

Hast du einen Hund?

Nein, ich nicht, aber ich brauche auch keinen. Ich habe keine Angst vor der Einsamkeit, im Gegenteil. Mir tut das Alleinsein gut.

Ist dir eigentlich klar, was es für ein Affront ist, wenn du mir sagst, ich soll mir einen Hund anschaffen? Das ist, als würdest du mich nicht ernst nehmen.

Im Gegenteil, Denise, ich suche nach Lösungen!

Vielen Dank.

Mit meinem Gelaber über den Hund zerstörte ich wohl die Stimmung definitiv. Hätte es mir leidtun sollen? Nein, ich hatte es ja nicht als Provokation gemeint, überhaupt nicht. Für mich war das mit dem Hund ein glasklarer Lösungsvorschlag für ihr Problem mit der Einsamkeit.

Als Denise mal rausging, stand ich in der Küche rum, schaute mir die Karten an, die am Kühlschrank mit Magneten befestigt waren. Ein paar vom Meer und ein paar aus den Bergen. Ich staunte nicht schlecht, als ich sah, dass auf einer der Karten stand: What happens in Belgium stays in Belgium. Ich wollte sie abnehmen und lesen, da war Denise schon wieder zurück und ich traute mich nicht mehr.

Das ist das Größte, dass du eine Karte erhalten hast, auf der steht: What happens in Belgium stays in Belgium. Ich habe haargenau die gleiche Karte bekommen. Sogar mit den gleichen Farben und der gleichen Schrift.

Die ist von Geri. Er hat im letzten Frühjahr in Belgien gespielt, weißt du, mit diesen Deutschen, die er manchmal begleitet. Sie konnten nach Brüssel und sonst noch irgendwo hin.

Belgien scheint bei Oltnern eine beliebte Destination zu sein.

Es ist halt schön, vor allem Brüssel, eine sehr lebendige Stadt. Ich war auch schon mal dort. Du nicht?

Nein, in Belgien war ich noch nie. Keine Ahnung, ob es mir gefallen würde, aber etwas weiß ich jetzt schon ganz sicher: Ich würde keine Postkarte verschicken, auf der steht: What happens in Belgium stays in Belgium.

Denise lächelt müde und ich spüre, dass dies der allerletzte Moment ist, um ohne Drama den Hut zu nehmen. Ich sage Danke und es sei lieb, dass sie mich eingeladen habe.

Als ich heimwärts ging, war es schon fast vier Uhr morgens. Das ist die Krankheit von uns Schriftstellern, dass wir ab und zu spät in die Heia kommen. Aber bei den Kunstmalern ist es kein Prozent besser.

Weil in dieser Nacht begegnete ich in der Unterführung der Aarauerstrasse noch einmal Louis, der auf dem Heimweg von wer weiß woher war und schon die kleinen Schritte machte, die berühmten kleinen Schritte, die Gewohnheitstrinker machen, wenn ihnen die großen nicht mehr gelingen.

Schau an, der Jackpot! Wie schön, dich noch anzutreffen. Habe mir schon Sorgen gemacht, weil du in La Chaux-de-Fonds einfach davongelaufen bist. Aber jetzt, da ich sehe, dass du sogar morgens um vier gesund und munter bist, beruhigt mich das natürlich.

Woher willst du wissen, dass ich gesund und munter bin? Vielleicht bin ich ja deprimiert und krank.

Nein, lieber Freund, das hätte ich sofort gespürt, wenn dir etwas fehlen würde. Du siehst gut aus, besser als heute Nachmittag. Du siehst aus wie einer, der dem Leben zuversichtlich in die Augen schauen kann.

Und du erst, Louis! Du siehst aus, als hättest du irgendwo noch was zu trinken bekommen.

Ja, da liegst du nicht falsch, die Menschheit ist großzügig mit mir. Ich weiß manchmal selbst nicht, warum, ich kriege fast immer und fast überall noch was. Aber jetzt bin ich wirklich und endgültig unterwegs, um zu schlafen.

Also ich will dich nicht von deinen Plänen abhalten. Schlaf gut!

Ebenfalls, Kamerad.

Die nötige Bettschwere hatte ich schon den ganzen Abend, aber als ich zu Hause war und endlich hätte schlafen können, war ich aufgedreht wie eine Stereoanlage in einem Luftschutzkeller.

Ich suchte nach Schreibpapier, fand in der ganzen Wohnung keines und riss schließlich ein paar Seiten aus einem leeren Heft. Klar, es war etwas schäbig, kariert, A5, kein Wasserzeichen, kein gedruckter Briefkopf. Und doch war es besser als gar nichts. Ich schrieb Fanny einen langen Brief, einen Brief, der alles enthielt, was in einen emotionalen Brief gehört, viel Pathos, viele Versprechungen, viele kleine Andeutungen, Schachtelsätze, Poesie, Zitate von Leuten, die die Sache besser formulieren können als ich, ein paar versteckte Vorwürfe, eine Prise Selbstmitleid und zuletzt noch einen Satz für die Ewigkeit: Ganz gleich, was du gerade tust und mit wem du es tust, egal, wovon du gerade träumst und mit wem du träumst, egal, wie deine Gefühle sind und mit wem du sie teilen magst, schicksalsergeben warte ich im ewigen Olten auf all das Große, was dereinst kommen mag oder zu kommen sich weigert, herzlich und höflich, dein immer an dich denkender Jackpot.

Der Brief war lang, wirklich lang. Ich las ihn mehrmals durch, war überzeugt von jedem Wort und steckte ihn in einen Umschlag. Aber als ich den Umschlag beschriften wollte, kam mir in den Sinn, dass ich gar keine Adresse von ihr habe, in Belgien nicht und auch nicht in Zofingen. Klar hätte ich im Netz nachschauen können, ob ich ihre Adresse finde, logisch, weiß selbst nicht, warum ich das nicht getan habe.

Ich hatte also diesen großartigen Brief fix und fertig geschrieben und verpackt, mochte aber nicht nach der Adresse suchen. Das Gute war immerhin, dass ich unterdessen so müde war, dass ich endlich schlafen gehen konnte.

Als ich erwache, ist Mittag schon vorbei, ich dusche heiß und kalt. Dann gehe ich in die Küche und muss den Kopf aufstützen, da er trotz der Dusche noch so schwer ist, dass ich ihn mit dem Hals alleine unmöglich tragen könnte. Ich bin fast erstaunt, als ich diesen Brief an Fanny auf dem Tisch liegen sehe. Was habe ich eigentlich geschrieben?, frage ich mich. Ich reiße den Umschlag auf und lese alles noch einmal langsam durch. Peinlich. Eine Blamage. Ein Brief, der nie im Leben hätte geschrieben werden sollen. Zum Glück habe ich die Adresse nicht herausgesucht, sonst wäre er möglicherweise schon abgeschickt. Ich zerreiße ihn und verbrenne die Schnipsel im Aschenbecher. Ich schaue den Flämmchen zu und bin etwas erschüttert über mich selbst. Wie kann man als Mann in der Verliebtheit so nachhaltig den Verstand verlieren? Ich weiß nicht, ob Frauen so hirnlos werden können, wenn sie sich verlieben. Ich selber kenne nur Typen, die sich so lächerlich machen, wie ich mich gemacht hätte, wenn ich diesen Brief in der Nacht noch abgeschickt hätte. Prosper Mérimée hat das mal thematisiert, das mit der Dummheit des verliebten Mannes, damals, als er *Carmen* schrieb. Und immerhin wurde das ein Klassiker.

Nach dem dritten Kaffee habe ich endlich das Gefühl, ich sei wieder ein Mensch und mein Kopf tatsächlich ein Teil von mir. Ich öffne das Fenster und schaue auf die Gleise runter. Morgens schaue ich am liebsten Güterzügen zu, langen, lärmigen Güterzügen, die in allen Sprachen und Farben beschriftet sind. Auch wenn es streng nach der Uhr schon Nachmittag ist, habe ich den Eindruck, es sei noch ein richtig, richtig schöner Morgen.

Dumm war allerdings, dass mich ein Anruf aus diesem guten Moment herausriss. Mein Bruder war dran. Er ruft selten an, aber jetzt tat er es, weil er mir was Wichtiges sagen wollte. Er sei bei so einem Umtrunk für Kaderleute gewesen, so Networkingzeugs, keine Ahnung. Jedenfalls habe er dort jemanden kennengelernt, eine Frau, die für einen Verlag arbeitet. Dann habe er ihr erzählt, dass sein Bruder, also ich, Schriftsteller sei und vielleicht habe sie ja mal Zeit, mein neuestes Manuskript zu lesen, und sie, also die Verlegerin, habe gesagt, warum nicht, ich solle mich doch melden.

Hmm, hab ich irgendwann gesagt, ich suche einen Verlag?

Nein, das nicht, aber ich dachte, es kann sicher

nicht schaden, wenn du schon den einen oder anderen Kontakt hast.

Hat jemand behauptet, ich hätte keine Kontakte?

Jetzt tu nicht so. Es ist ja nur ein Angebot. Borowski heißt sie, Silke Borowski vom Pukeno-Verlag. Ich kann dir ihre Telefonnummer geben, dann nimm mal unverbindlich Kontakt auf mit ihr. Sie sagte jedenfalls, es interessiert sie, was du schreibst. Musst ihr einfach sagen, du hast den Tipp von mir und bist mein Bruder, dann weiß sie sofort Bescheid.

Silke was?

Silke Borowski. Sie ist die Verlagsleiterin von diesem Pukeno-Verlag.

Eine Deutsche?

Weiß auch nicht. Ihre Eltern vielleicht. Ich hab sie nicht gefragt. Spielt es eine Rolle?

Nein, spielt keine Rolle, aber ich weiß ja nichts über diesen Verlag. Ich kenne diese Silke nicht. Ich hab keine Ahnung, ob sie meinen Literaturstil mag oder ob mein Zeugs überhaupt in dieses Verlagsprogramm passt. Vielleicht ist das ja ein Esoterikverlag oder sonst was Schlüpfriges.

Na, deshalb sag ich es ja, du sollst Kontakt aufnehmen. Ich habe vorgespurt, den Rest musst du selber machen.

Also, okay, ich überlege es mir mal.

Es ist seltsam. Einerseits bin ich etwas beleidigt, dass mein Bruder, ohne mich zu fragen, so einen

Kontakt knüpft. Das Manuskript ist ja noch gar nicht fertig, und abgesehen davon bin ich alt genug, um mich selbst um mich zu kümmern. Gleichzeitig hätte ich einfach Danke sagen und mich am Telefon nicht so anstellen sollen. Weil genau gesehen freut es mich. Er meint es ja gut und ein Verlag ist ein Verlag. Ich verstaue den Notizzettel mit Namen und Telefonnummer im Portemonnaie und nehme mir vor, diese Silke anzurufen, wenn ich mal in der richtigen Stimmung dazu bin.

10

Das Telefongespräch lief einfacher als gedacht. Vier Tage lang trug ich den Zettel mit der Nummer mit mir herum. Schob den Anruf vor mir her, weil ich nicht recht wusste, was ich sagen sollte. Aber es stellte sich heraus, dass diese Frau Borowski schon auf meinen Anruf gewartet hatte. Doch, doch, sie könne sich gut erinnern, dass mein Bruder ihr gesagt habe, ich sei Schriftsteller, und es wäre schön, wenn wir uns kennenlernen würden. Sie lud mich gleich ein, erklärte mir, wie ich den Verlag finde, und sagte, es sei kein Problem, dass ich noch nicht fertig bin mit dem Roman, ich solle einfach mal mitbringen, was ich habe.

Als ich in Basel ankomme, stehe ich erst mal einen Moment im Bahnhof rum. Ich weiß nicht, weshalb, aber ich stehe gerne in Bahnhöfen rum. Das war schon immer so, egal, ob zu Hause oder im Ausland. Ich mag Bahnhöfe. Bahnhöfe haben fast immer eine eigene Persönlichkeit. Nun gut, ich also in diesem Basler Bahnhof am Rumstehen, oben auf der Überführung, schaue den Leuten zu und so. Plötzlich höre ich Geschrei, ziemlich weit hinten liegt eine ältere Frau am Boden und ein Typ um die dreißig rennt mit der Handtasche dieser Frau in meine Richtung. Auf den ersten Blick ein geübter Sprinter, sauberer Laufstil, gute Schrittkadenz.

Entreißdiebe versuchen Taschen mit Gewalt an sich zu reißen. Dabei kann es bei den Opfern zu schmerzhaften Verletzungen kommen. Tipps der Polizei: Tragen Sie die Handtasche einseitig angehängt an der verkehrsabgewandten Körperseite.

Er kommt in meine Richtung. Schnell und sportlich.

Ein Entreißdieb wird sich seine »Beute« mit Gewalt holen. Heißt es in den Merkblättern der polizeilichen Präventionsabteilung. Lassen Sie die Tasche baldmöglichst los. Wir wollen nicht, dass Sie sich durch Abwehrverhalten Verletzungen zuziehen.

Der Typ mit der Handtasche kommt näher und näher. Mit konzentriertem, wachem Blick.

Wertsachen, Ausweise und Schlüssel wenn möglich am Körper in einer Innentasche tragen. Hell beleuchtete und verkehrsreiche Wege und Straßen nutzen. Fremden keinen Einblick in die finanziellen Verhältnisse gewähren.

Er hat wirklich einen tipptoppen Laufstil, zügig und nicht verkrampft. Klar, denke ich, klar, der will so schnell wie möglich die Treppe runter dem Ausgang entgegen und in der Menschenmenge der Stadt verschwinden und Tschüss. Wahrscheinlich kennt er sein Metier.

Ein paar Leute kümmern sich um die Frau am Boden. Ein Mann um die fünfzig läuft dem Handtaschendieb halbherzig nach, hat aber tempomäßig keine Chance. Das sieht man von Weitem.

Ich bleibe stehen, als würde ich nichts begreifen. Aber als der Dieb an mir vorbeisprinten will, stelle ich ihm ein Bein. Im Fußball hätte es eine Rote Karte gegeben, diskussionslos, klare Notbremse. Der Sprinter fällt der Länge nach hin, ich sofort zu ihm runter, drehe ihm den Arm auf den Rücken und halte ihn fest. Diesen Griff nannten wir als Buben den Polizeigriff. Der andere Typ, also der, der ihn verfolgen wollte, kommt endlich auch an und stellt erst mal die Handtasche sicher. Gut haben wir diesen Schweinehund erwischt. Er nimmt das Telefon aus der Hosentasche, sagt, ich rufe gleich die Polizei.

In Ordnung, ich halte den Burschen solange fest, sage ich und achte darauf, dass er sich nicht aus meinem Griff herauswinden kann. Es ist nicht so schwierig, weil der Handtaschenräuber sich nicht rührt, er kauert nur schlaff und resigniert dort, wie einer, der sein Schicksal schon lange akzeptiert hat. Die meisten

Leute, also ich meine jetzt die, die sich überhaupt für solche Zwischenfälle interessieren und nicht empathielos ihrer Wege gehen, stehen zwanzig Meter weg von uns bei der alten Frau, die nun wieder steht und sich freut, dass sie ihre Handtasche zurückkriegt. Zu mir und dem Sprinter halten alle Passanten eine Art Sicherheitsabstand.

Doch dann sehe ich eine jüngere Frau mit einem kleinen Jungen an der Hand. Der Junge zieht die Frau in unsere Nähe. Sie sagt ihm auf Französisch, er müsse keine Angst haben und solle ruhig bleiben. Doch der Kleine, vielleicht fünf oder sechs Jahre alt, zieht stärker an der Hand der Frau. Als er nahe genug ist, sehe ich, wie er fast tonlos zu weinen beginnt. Und dann sagt er ganz leise Papa! Papa! Papa! zu dem, den ich am Arm halte. Das dünne Stimmchen geht mir bis tief, tief unter die Haut. Papa! Papa! Papa!

C'est ton fils? – Ist das dein Sohn?, frage ich ihn leise. Und er nickt scheu und schaut zum Boden. Er schämt sich, seinem eigenen Spross in die Augen zu schauen. Wie ich dieses Bübchen höre und diesen Vater spüre, komme ich ganz durcheinander. Meine Gewissheit, dass ich diesen Sprinter bei der Polizei abliefern muss, dass es eine klare Gerechtigkeit gibt und dass mein Verhalten dieser Gerechtigkeit entgegenkommt – diese Gewissheit kommt mir in dem Moment abhanden. Ich flüstere dem Räuber ins Ohr, ich lasse ihn gleich los und er solle abhauen. Er begreift, und als er spürt, dass ich ihn nicht mehr richtig festhalte, sprintet er wieder los, blitzschnell und unverkrampft, immer geradeaus, immer dem Ausgang des Bahnhofs entgegen. Pass gut auf dich auf, denke ich noch und tue kurz so, als würde ich ihn verfolgen, nur pro forma, versteht sich. Wie ich zurückgehe und noch leicht übertrieben nach Luft schnappe, stehen schon zwei Kantonspolizisten da und erkundigen sich, was genau geschehen sei und ob jemand den Delinquenten beschreiben könne.

Er ist mir gerade durch die Lappen gegangen, sage ich. Ich hab ihn so lange festgehalten, wie ich konnte, aber vor gerade mal einer Minute konnte er sich losreißen. Wären Sie nur ein kleines bisschen früher da gewesen, dann hätte ich ihn wahrscheinlich festhalten können.

Wir sind so schnell wie möglich gekommen!

Ja, klar, sorry, ich meine es ja nicht als Vorwurf. Sie haben getan, was Sie konnten, und ich auch.

Einer der beiden nimmt meine Personalien auf und sagt, ich soll das nächste Mal besser nicht versuchen, den Sheriff zu spielen, weil es nämlich nicht immer so glimpflich ausgehe. Ich hätte mich und andere gefährdet. Das korrekte Verhalten in so einem Fall sei immer, zuerst an die eigene Sicherheit zu denken und die Polizei zu rufen. Und dass ich doch so gut sein solle, sie auf die Wache zu begleiten, damit sie ein Protokoll aufnehmen könnten. Die Frau, die bestohlen worden ist, und der Typ, der dem Räuber nachrennen wollte, kommen auch mit. Ich sage ihnen, sie sollten zuerst mit der Frau reden, sie habe schließlich am meisten gelitten. Ich warte im Vorzimmer und als ich endlich wieder draußen bin, weiß ich, dass ich es nicht rechtzeitig zum Termin mit der Frau vom Verlag schaffen werde.

Frau Borowski reagiert total locker, als ich endlich dort ankomme. Ich erzähle ihr alles, sie hört interessiert zu, lacht und sagt, das sei ja spannender als ein Krimi.

Ob es spannender als ein Krimi ist, weiß ich nicht, sage ich auf Hochdeutsch, aber ganz sicher trauriger. Und wenn Sie gehört hätten, wie der Junge dort Papa, Papa, Papa sagte, dann wissen Sie vielleicht, was ich damit sagen will.

Ja, klar, ich kann es mir lebhaft vorstellen. Was muss in diesem Kind vorgegangen sein?

Ich glaube nicht, dass sich das Kind sehr viel überlegt hat. Es hat vor allem Angst gehabt, Angst um seinen Vater.

Herr Gobeur, Sie müssen wirklich nicht Hochdeutsch mit mir reden, sagt Frau Borowski, ich verstehe sehr gut Mundart.

Keine Ursache, wissen Sie, ich rede sehr gerne zwischendurch mal wieder Hochdeutsch. Doch, doch, es macht mir Freude, ein bisschen zu praktizieren. Aber ich verstehe schon, was Sie mir sagen wollen. Viele Deutsche, die hier leben, möchten nicht, dass die Schweizer mit ihnen Hochdeutsch reden. Und viele Schweizer wollen nicht, dass die Deutschen Mundart reden. Es ist ein wenig, als wachten alle eifersüchtig über ihre eigene Sprache, als hätten sie Angst, die eigene Sprache könnte irgendeinen Schaden nehmen, sobald sie von einem Fremdsprachigen gebraucht wird.

Da lacht sie. Sie sagt, das sei gar kein schlechter Gedanke. Danach wird sie gleich wieder geschäftlich und fragt, ob ich das Manuskript dabeihätte. Falls ich einverstanden sei, wollen wir doch mal über meinen Text reden. Ich solle doch zuerst mal erzählen, um was es ginge und ob ich mir schon Gedanken gemacht hätte, an welche Leserschaft sich diese Geschichte richten könnte.

Nein, sage ich, solche Gedanken sind mir völlig fremd. Was ich will, ist eine Geschichte erzählen. Und die Geschichte muss sich an der Realität orientieren und gleichzeitig muss sie die Wirklichkeit verwandeln, weil sonst ist es ja nicht Kunst.

Das haben Sie jetzt schön formuliert.

Danke, das freut mich, ist allerdings nicht von mir. Louis Brunner, ein Kunstmaler aus Olten, hat mir das beigebracht. Kennen Sie ihn zufällig? Louis Brunner. Er malt im Stil von Beckmann. Er genießt am Jurasüdfuss und darüber hinaus ein recht hohes Ansehen. Zusammen mit Gregor Grunder bilden sie die Avantgarde der bildenden Kunst im Raum Olten. Man könnte sogar sagen, Louis Brunner und Gregor Grunder bilden eine Art kulturelles Doppelgestirn im Kanton Solothurn.

Diese Namen sagen mir leider nichts, aber vielleicht kommen wir noch darauf zurück, wenn es um die Gestaltung des Buchcovers geht, sagt sie und schaut mich über die Ränder ihrer Lesebrille freundlich an.

Das hat mich natürlich emotional überzuckert, dass Frau Borowski schon von der Gestaltung des Covers redet, bevor sie auch nur eine Zeile des Manuskripts gelesen hat. Es läuft gut, dachte ich und gab ihr einen ausführlichen Überblick über die Handlung. Sie sagte, sie finde es sehr interessant, was alles und nichts heißen kann. Ich war etwas enttäuscht. Weil wenn ich beispielsweise ins Theater oder Museum gehe und ein Stück oder Bild überhaupt nicht begreife, dann sage ich in der ersten Verunsicherung, ich finde es interessant. Interessant ist ein Wort für Situationen, in denen man nichts Interessantes zu sagen hat.

Alles in allem verbrachte ich etwa eine Stunde im Verlag und vernichtete in der Zeit drei Kaffee, denn sie hatten eine Kaffeemaschine. Ich versuchte zu erklären, warum ich die Geschichte so und nicht anders konzipiert hatte, und zuletzt gab ich ihr noch eine Kopie der Seiten, die ich bis jetzt geschrieben hatte.

Sie sei gespannt auf den Text, sagte sie mir zum Abschied und sie werde sich in den nächsten Tagen melden.

Ich bedankte mich und sagte, es ist mir eine Freude gewesen und hoffentlich auf bald und vielen Dank auch, dass Sie sich Zeit für mich genommen haben, bestimmt haben Sie auch eine volle Agenda und ich weiß das wirklich zu schätzen und wünsche Ihnen alles Gute und einen schönen Abend. Dann rief ich meinen Bruder an. Ich sei noch in Basel und ob er Zeit für ein Bier habe. Hatte er natürlich nicht, was mich nicht verwunderte. Man muss es logisch betrachten, ich meine, bei dem Lohn, den sie ihm in dem Chemiekonzern abdrücken, würde eine Bierpause mitten am Nachmittag brutal aufs Budget schlagen. Ab einer gewissen Lohnklasse kannst du nicht mehr rumtrödeln. Das ist wie bei den Profifußballern. Wenn du dir vorstellst, was die in einer Stunde verdienen, kannst du leicht ausrechnen, was jede Minute kostet, in der so ein Star planlos auf dem Acker rumsteht. Das rechnet sich nicht. Wenn der Geldhahn mal offen ist, musst du ihn laufen lassen, das ist überall dasselbe, das ist ein Grundprinzip der freien Wirtschaft.

Immerhin fragte mein Bruder noch, wie es beim Verlag gegangen sei. Sehr gut, sagte ich, optimal, und das freute ihn offensichtlich. Er hätte gehört, das seien wirklich tipptoppe Leute. Und er habe den Eindruck, ich würde ins Verlagsprogramm passen.

Wie kommst du darauf? Du hast das Manuskript noch gar nicht gesehen.

Aber du hast mir doch schon so oft erzählt, worum es geht. Und die haben ein sehr gutes Lektorat. Das ist eine toppseriöse Bude, was in dieser Branche nicht selbstverständlich ist, behauptete er noch.

Sagt wer?

Einer, den ich aus dem Tennisclub kenne, Roger. Seine neue Freundin ist Deutschlehrerin an einer Kantonsschule in Basel-Land. Sie hat nur Gutes erzählt.

Gut, sehr gut, dann hoffen wir doch, es wird was.

Mein Bruder betonte noch einmal, es tue ihm leid, dass er keine Zeit habe, einen trinken zu gehen. Und er schlug vor, ich solle bei ihm am Empfang vorbeikommen, er hinterlasse dort einen Umschlag für mich. Das ließ ich mir nicht zweimal sagen. Ich also blitzartig zum Empfang des Chemiekonzerns, Guten Tag gesagt und gewartet, bis sich endlich so ne Empfangsdame bequemt, mich von oben bis unten zu mustern. Was wollen Sie, fragt sie in einem Tonfall, der mir sofort zu verstehen gibt, dass ich in solch einer sauber geputzten Eingangshalle wohl fehl am Platz bin.

Ich sage zuerst noch mal Guten Tag, nur für den Fall, dass sie es beim ersten Mal nicht mitgekriegt hat. Danach mache ich eine Pause, um ihr die Gelegenheit zu geben, mich auch zu grüßen.

Doch sie merkt nichts, grüßt nicht, sagt nichts und starrt mich nur an.

Mein Name ist Gobeur. Hat wohl der Herr Anton Gobeur einen Umschlag für mich hinterlegt?

Sofort hellt sich das Gesicht unter der Bicolor-Frisur deutlich auf: Ach so, Sie sind also der Bruder von Herrn Gobeur.

Jawoll, sage ich, genau das bin ich, ich bin Gobeurs Bruder oder er meiner, je nachdem, von welcher Seite man das betrachten will. Wir sind echte Brüder, beide aus dem gleichen Bauch, wie die Afrikaner zu sagen pflegen.

Schön, also der Herr Gobeur hat tatsächlich einen Umschlag für Sie hinterlegt. Momentchen, ich bringe ihn gleich.

Ich bedanke mich und stecke den Umschlag in die Innentasche meines Jacketts, aber bevor ich mich vom Acker mache, frage ich ganz schüchtern, ob ich sie was fragen dürfe.

Bitte?, sagt sie.

Hören Sie, es tut mir leid, wenn es vielleicht etwas persönlich ist, aber sagen Sie mal, wenn Sie auf einer Passstelle Ihre Haarfarbe angeben müssen, was geben Sie dann an? Schwarz oder blond? Ich meine, auf den ersten Blick ist es nicht einfach zu entscheiden, was von beidem den Ton angibt.

Was ist das Problem? Was wollen Sie mir sagen?, fragt sie, schon leicht genervt.

Nichts, nichts, es hätte mich einfach interessiert, aber Sie haben recht, es geht mich nichts an, schönen Abend noch.

Von dort fuhr ich direkt nach Olten zurück und ging nach Hause. Erst zu Hause schaute ich in den Umschlag. Zweitausend Franken und ein Kärtchen: Herzlich, Anton. Fehlerfrei! Danke, Toni! Ich verstaute das Geld in der Besteckschublade und hängte erst mal das Jackett auf. Dann stellte ich mir vor, wie die Frau Borowski vom Verlag mein angefangenes Manuskript liest. Das motiviert mich ungeheuerlich. Ich setze mich an den Küchentisch und schreibe bis weit in die Nacht hinein. Jetzt habe ich schon fast einen Verlag, denke ich immer wieder, ich darf diese Frau Borowski nicht enttäuschen. Jetzt muss ich einen Gang hochschalten und mich beeilen. Jetzt wird endlich alles gut mit diesem Roman.

Doch was wahrscheinlich keiner kennt, der nicht selbst schreibt, ist das Problem der Ablenkung. Ich hatte noch keine halbe Seite geschrieben, da klingelt es an der Tür.

Der Postbote? Der Nachbar? Ich schaue nach, wer es ist. Fanny steht dort! Lächelt das schönste Lächeln, das man am Lauf der Aare jemals gesehen hat.

Fanny! Du bist schon wieder da?

Wie du siehst.

Wow, das ist aber schnell gegangen!

Kommt drauf an, was du unter schnell verstehst.

Ich stehe da wie hypnotisiert und starre sie an. Sie ist immer noch dieselbe wie vor ein paar Tagen, immer noch ebenso blendend, immer noch gleich jung, immer noch gleich zentriert in ihrer selbstverständlichen Schönheit. Ich schaue ihre Turnschuhe an, als sähe ich sie zum ersten Mal. Ich schaue ihre Jeans an, als sähe ich sie zum ersten Mal. Ich schaue ihre Lederjacke an, als sähe ich sie zum ersten Mal. Dann schaue ich wieder ihr Gesicht an und frage mich, was wohl den ganzen Tag lang im Kopf dieser Fanny vorgeht.

Was ist los, Jackpot? Warum schaust du mich so an? Ist was nicht in Ordnung? Wie lange willst du mich hier draußen stehen lassen? Es zieht und ich habe eigentlich gehofft, du lässt mich rein und bietest mir was zu trinken an.

Klar, klar, sorry, logisch, komm rein, Fanny, ich bin noch ganz überrascht. Dachte, du bist noch eine Weile in Belgien.

Jetzt siehst du ja, dass ich in Olten bin, sogar, dass ich bei dir bin und mit dir rede. Merkst du es überhaupt?

Ist etwas passiert? Hast du die Ferien früher abgebrochen?

Nein, nichts dergleichen, ich habe nichts abgebrochen. Ich bin einfach wieder nach Hause gekommen, weil ich morgen einen Termin habe. Das ist alles.

Und Grunder?

Der bleibt noch etwas länger. Er hat keinen Termin. Aber erzähl von dir. Was machst du?

Ich hab mich nach dir gesehnt.

Ich mich auch nach dir, Jackpot. Wenn man weit weg ist, merkt man es besser.

Warum fährst du überhaupt mit Grunder nach Belgien, wenn du selbst sagst, dass du dich nach mir sehnst?

Hey, Momentchen, Jackpot, Momentchen. Was willst du mir sagen? Hätte ich dich fragen müssen? Ich frage nie jemanden, mit wem ich was machen darf. Ich mache immer nur, was ich will, und mit den Leuten, die ich mir aussuche. Würdest du mich besser kennen, wüsstest du das. Ich habe mich in Belgien nach dir gesehnt, aber das heißt nicht, dass ich nicht vielleicht in Olten Sehnsucht nach Gregor kriegen werde.

Aber ich hab doch gemeint, wir beide, du und ich, wir könnten –

Klar. Wir können fast alles, was wir wollen. Aber zuerst muss man natürlich wissen, was man will.

Ich will dich, Fanny!

Was genau willst du von mir? Das Gesicht? Die Hände? Den Körper? Das Herz? Die Seele? Den Geist?

Alles, Fanny! Alles, was du jetzt aufgezählt hast, genau in dieser Reihenfolge und mit Pfeffer, Salz und Zitrone. Ich will alt werden mit dir! Lach nicht! Es ist wahr. An dir gefällt mir alles, alles, alles.

Wir stehen noch bei der Garderobe. Warum sage ich, sie solle mich nicht auslachen? Fanny lacht gar nicht, kein bisschen. Sie hängt ihre Jacke über meine und sagt, sie wisse nun selbst nicht recht, ob sie mich richtig verstanden hätte. Aber etwas könne sie mir gerade jetzt spontan sagen: Ich wolle zu viel auf einmal, zu viel und zu schnell. Alles möge sie mir nicht geben.

Also was gibst du mir?

Endlich lächelt sie. Ich hatte schon Angst, sie bringe diesen ernsten Ausdruck in ihrem Gesicht nie wieder weg.

Was willst du wissen, Jackpot? Was ich dir von mir geben will?

Genau das.

Heute Abend gebe ich dir mal etwas, aber sicherlich nicht alles auf einmal! Du kannst wählen, was du zuerst willst.

Ich konnte nichts mehr sagen und ging in die Küche. Dann machte ich, ohne Fanny zu fragen, was sie trinken wolle, eine Flasche Wein auf und stellte zwei saubere Gläser hin. Sie fragte, was ich gerade geschrieben habe, und ich erzählte es ihr. Erzählte vom Verlag, von meinem Besuch bei Frau Borowski und dass ich jetzt unbedingt vorwärts machen muss, weil die Frau Borowski darauf wartet. Worauf? Worauf wohl? Auf das fertige Manuskript natürlich.

Als ich mit Erzählen fertig bin, sagt Fanny, ich hätte ihr auf die Frage von vorher noch keine Antwort gegeben. Ob ich sie nicht gehört habe. Sie habe gesagt, ich könne wählen, was ich zuerst wolle.

Sag mir bitte noch mal, was zur Verfügung steht.

Warte, wir hatten gesagt, Gesicht, Hände, Körper, Herz, Seele und Geist.

Was würdest du wählen, Fanny, wenn du ich wärst?

Wahrscheinlich den Körper.

Das ist keine schlechte Idee. Du hast absolut recht, bin hundert Prozent einverstanden, ich wähle zuerst mal den Körper.

Also, komm, sagt sie, schaut mich lange an, steht auf, stellt den Aschenbecher auf den Fenstersims und zieht mich am Arm aus der Küche.

Wir gehen ins Schlafzimmer. Zuerst schließe ich noch die Wohnungstür ab, nur zur Sicherheit, für den Fall, dass irgend so ein Kumpel zufällig in der Nähe ist und meint, er müsse im dümmsten Moment bei mir reinplatzen. So sind sie manchmal, meine Kumpels, lassen sich tagelang nicht blicken und wenn es am wenigsten passt, stehen sie plötzlich in der Wohnung und sagen, sie seien zufällig in der Nähe gewesen und wollten nur mal Hallo sagen. Und den Rest der Platte kenne ich auswendig, weil ich sie schon so oft gehört habe: Sorry, Jackpot, ich hoffe, ich komme nicht ungelegen. Nicht wahr, du verstehst, die Tür war offen, also dachte ich, gehst mal rein, mal schauen, was beim Jackpot so läuft und ob er nicht eine offene Flasche rumstehen hat. Aber falls du arbeiten musst, dann sags einfach, ich will dich nicht aufhalten, dann komm ich ein anderes Mal, kein Problem. Du musst sagen, ob du Zeit hast. Ich will nicht stören, wirklich nicht, das wäre mir nicht recht, wollte nur kurz fragen, wie es dir geht und ob es läuft mit dem Sportwetten. Und übrigens, wenn ich schon dabei bin, hast du nicht zufälligerweise ein Bierchen im Kühlschrank?

Nein, Kumpels. Nein, heute kommt mir keiner rein, heute gibts keine Bierchen, heute gibts kein Blabla von den alten Zeiten und großen Zukunftsplänen, die eh nie durchgezogen werden. Heute ist der Laden für die Öffentlichkeit geschlossen.

11

Ich hatte natürlich gehofft, Fanny bleibt die ganze Nacht. Aber als wir uns wieder etwas abgekühlt hatten, bat sie mich um eine Zigarette, wir rauchten zusammen und bliesen den Rauch an die Decke, danach zog sie sich an, sagte, es ist sehr schön gewesen, und ging.

Ich spiele Willie Nelson auf der Stereoanlage. Das Lied von dem Engel, der zu tief geflogen ist. Ich mag Willie Nelson, ich mag dieses Lied und ich mag vor allem die ersten Zeilen, wo es heißt: If you had not've fallen / Then I would not've found you / Angel flying too close to the ground / And I patched up your broken wing.

Klar kannst du das jetzt nicht eins zu eins auf Fanny beziehen. Fanny ist nicht zu tief geflogen, und abgestürzt ist sie auch nicht. Aber gute Lieder berühren einen auch, wenn man sie nicht direkt auf die eigene Situation beziehen kann. Viele Leute kapieren das nicht. Viele Leute wollen in jedem Buch und jedem

Song etwas erkennen, das genau in diesem Moment mit ihnen zu tun hat. Und wenn sie nichts finden, sind sie enttäuscht. Aber ich, ich suche nach dem Gefühl, demjenigen, das allgemeingültig ist, das immer und überall wahr ist. Und wenn es einer so bringen kann, dass es für mich glaubwürdig ist, berührt es mich. Ich hänge schlaff im Morgenmantel in meinem Lesesessel, höre Willie Nelson zu und denke die ganze Zeit, wow, Willie, du bist ein Poet! Du bist ein Meister, Willie! Ein Großer, das bist du! Sing immer weiter, hör nie wieder auf zu singen, du alter Indianer, ich spüre dich, ich spüre dich, Willie! Leave me if you need to / I will still remember / Angel flying too close to the ground.

Ich hörte Musik, bis der Tag anbrach. Danach schrieb ich, bis es nicht mehr ging. Dann machte ich Mittagessen, aufgewärmtes Rindsragout mit Nudeln. Und ein wenig später ging ich zu Louis. Ich wollte ihn fragen, was ich tun soll. Ob er mit seiner unendlichen Lebenserfahrung eine Ahnung hat, wie man mit so einer Frau am besten umgehe und mit so einer Situation und mit all den Gefühlen und überhaupt. Aber das Erste, was Louis fragt, als er mich sieht: Hey, Jackpot, sag mal, was hast du mit Fanny gemacht?

Ich bin geschockt. Das hätte ich jetzt am wenigsten erwartet. Was genau will er wissen? Wie kommt er überhaupt auf diese Frage? Habe ich irgendwas falsch gemacht? Hat Fanny ihm von der letzten Nacht erzahlt?

Ich? Mit Fanny? Was soll ich getan haben? Nichts, gar nichts. Warum fragst du?

Also gar nichts hast du nicht gemacht! Sonst wäre sie doch nicht dermaßen in den Wolken gewesen, als sie am Morgen zu mir gekommen ist.

Was hat sie denn gesagt?

Eben kaum was. Aber sie war beim Posieren nicht bei der Sache. Ein Modell muss immer hundertprozentig bei der Sache sein, sonst gehts nicht. Die Konzentration von Modell und Maler muss immer beim Moment sein, bei der Körperspannung, beim Bild. Aber Fanny war heute morgen mit ihren Gedanken irgendwo anders. Zwischendurch schlief sie sogar kurz ein. Und als ich wissen wollte, was los ist, sagt sie nur, sie sei bei dir gewesen. Als wäre das eine Erklärung für irgendwas!

Also konntest du sie nicht malen?

Nein, jedenfalls nicht so, wie ich wollte. Du kennst mich, Jackpot, wenn ich male, dann gebe ich alles, dann gebe ich mich voll rein, da gibt es keine Halbheiten. Ich habe keine Zeit, rumzutrödeln.

Musst nun auch nicht so pathetisch werden, Louis. Du hast sicher auch schon Momente gehabt, in denen du nicht das Beste geben konntest. Und trotzdem ist am Schluss was Brauchbares dabei rausgekommen. Willst mir nicht erzählen, du hättest dein ganzes Leben lang nur gute, großartige, bedeutende Bilder gemalt.

Darauf hat Louis keine Antwort. Er bedeutet mir, mich hinzusetzen, und holt das große Bild von Fanny, das er angefangen hat. Er ist schon weit gekommen. Und es ist fantastisch! Fanny, die auf einem Diwan liegt, indirekt beleuchtet, auf dem Bauch und nackt, aber so, dass man die Brüste noch etwas sieht und den ganzen Rücken und die Beine. Hinter ihr ein offenes Fenster mit Blick auf den Wald. Auf dem Fensterbrett sitzt eine schwarze Katze. Und daneben, in dem Fenster, das nicht offen steht, spiegelt sich Louis selbst, so wie man ihn kennt, mit Hut, Seidenschal und seiner schwarzen Weste.

Großartig, Louis, ich gratuliere!

Gefällt es dir?

Kommt sehr gut, wirklich sehr, sehr.

Louis spürt, dass ich es ehrlich meine, und freut sich. Aber danach will er erneut wissen, was ich mit der Fanny angestellt habe, dass sie so durcheinander gewesen sei. Meistens bin ich sehr offen. Aber geht es um etwas, das nicht in die Öffentlichkeit gehört, kann ich auch sehr diskret sein.

Fanny sagte mir gestern, sie sei wieder im Land, sie sei zurück aus Belgien. Das ist alles.

Wirklich alles?

Alles jedenfalls, das ich zu erzählen hab.

Das hätte ich dir auch sagen können, ich wusste ja, wann sie zurückkommt.

Warum hast du es mir nicht gesagt?

Du hast mich nie gefragt.

Aber jetzt, jetzt frage ich. Und sag mal, Louis, hast du auch gewusst, dass sie mit Grunder nach Belgien fährt?

Klar. Grunder und ich, wir haben keine Geheimnisse voreinander.

Was willst du damit sagen? Dass ihr alles teilt?

Nicht ganz alles. Gut, als wir jung waren, haben wir noch mehr geteilt. Heute kommt das eher selten vor. Im Alter verliert man irgendwie die Spontaneität, leider. Aber früher, früher war das noch lockerer, da konnte es immer wieder vorkommen, dass wir einen Schatz teilten. Nicht, dass das unbedingt unsere Philosophie gewesen wäre, aber wenn es sich ergeben hat, dann war es halt so, ohne großes Trara, ganz natürlich, aus dem Augenblick heraus.

Und heute?

Wie gesagt, heute sind wir nicht mehr so spontan. Aber wenn es die Situation verlangt, ist es sicherlich besser, eine Liebe zu teilen, als eine Freundschaft zu gefährden.

Ist das dein Ernst?

Klar ist das mein Ernst. Freunde sind Freunde, und jede Liebe hat automatisch einen Einfluss auf die Freundschaften, auch wenn du nicht immer wissen kannst, welchen. Wärst du in unserer wilden Zeit auch schon unterwegs gewesen, müsstest du nicht so eifersüchtig über Fanny wachen, als würde sie dir alleine gehören. Dann wüsstest du, dass die Liebe flüchtig ist wie ein Zugvogel und es besser ist, zu nehmen, was man kriegt, als gar nichts.

Deine Westschweizer Malerfreundin hat mir gesagt, das sei früher alles kein Problem gewesen.

Welche Freundin, Marie-Claire? Vielleicht hat sie es etwas beschönigt, so wie man manches beschönigt, das mit früher zu tun hat.

Und wo ist sie jetzt?

Wer?

Wer wohl? Fanny natürlich.

Ich weiß es nicht, ich hoffe, im Bett. Hab sie nach Hause geschickt, gesagt, sie soll pennen und wiederkommen, wenn sie ausgeschlafen ist.

Und was hast du jetzt vor?

Jetzt könnte ich zum Beispiel dich malen. Hättest du Zeit? Ernsthaft, Louis? Ich bin doch einfach ein Normalo ohne besondere Kennzeichen. Aus mir kannst du keine Kunst machen.

Das musst du mir überlassen. Wir machen ein schönes Porträt und sobald dein Roman rauskommt und die ganze Welt nur noch von dir redet, kann ich mit dem Bild kommen und sagen: Schaut her, ihr traurigen Ignoranten, ihr Alles- und Nichtswisser, ihr müden Kulturbanausen und Cappuccinotrinker! Ihr verpennten Feuilletonschmierer. Schaut her, ihr unbrauchbaren Talentsucher, schaut, schaut, hier ist er nun! Das ist der Jackpot, der Mann der Stunde, der begnadete Schriftsteller und Poet, der Chronist seiner Stadt und seiner Zeit und seiner Sprache. Das ist er! Der Jackpot, Chef der Tastatur, der Boss. Ich glaubte bereits an sein Talent, als ihn noch kein Mensch kennen wollte. Ich spürte seine Begabung, bevor er lernte, die ersten Buchstaben zu schreiben, bevor er wusste, was Buchstaben überhaupt sind.

Du machst dich lustig.

Das würde mir nie in den Sinn kommen. Setz dich dort auf den Hocker und dreh dein Gesicht zum Fenster, so als würde draußen etwas passieren, irgendwas, das deine ganze Aufmerksamkeit in Anspruch nimmt.

So ungefähr?

Ja, genau so. Du musst nur darauf achten, dass du nicht abschweifst, dass du dort draußen immer den gleichen Punkt fixierst. Jetzt senke den Kopf noch etwas, sonst sieht es aus, als würdest du posieren.

Ich posiere ja auch.

Meinetwegen. Du weißt es und ich weiß es. Das reicht. Diejenigen, die später das Bild anschauen, sollen meinen, es sei beiläufig entstanden, einfach so, aus dem Moment heraus. Es soll nicht so aussehen wie eines dieser feierlichen Porträts, das in irgendeiner Ahnengalerie eines alten Schlosses hängt. Ich will keine Feierlichkeit. Ich suche eher eine unbestimmte Melancholie.

Sorry, Louis, wenn ich dir dreinrede, aber im Moment bin ich kein Prozent melancholisch. Im Moment bin ich alles andere.

Du bist immer melancholisch, von Natur aus. Melancholie ist dein natürlicher Gesichtsausdruck. Deshalb hängt bei dir das eine Augenlid etwas tiefer als das andere. Das ist speziell. Wenn ich das einigermaßen rüberbringe, dann wird es ein gutes Porträt, das kannst du mir glauben.

Ich hab doch eben gesagt, ich sei alles andere als melancholisch. Zurzeit bin ich auf dem Dings, wie sagt man? Zurzeit bin ich auf der emotionalen Sonnenseite, auf dem seelisch-psychischen Alpenflug, weit über dem Nebel, komplett antimelancholisch, falls es das Wort überhaupt gibt.

Das ist gut und schön und erfreulich und lobenswert. Aber du hast mich nicht verstanden, Jackpot, die Melancholie ist nicht von einem zufälligen Moment abhängig, die Melancholie ist ein Teil des Grundcharakters, ich meine, mit Melancholie kommst du auf die Welt oder nicht, die Melancholie ist Teil des Erbguts.

Louis lässt mich stundenlang aus diesem Fenster rausschauen, immer auf einen Punkt fixiert. Er selber raucht seine krummen Zigarillos und nuckelt an einem jungen Beaujolais. Mit dem Pinsel nimmt er Maß. Korrigiert meine Kopfhaltung. Er malt und misst und redet und schaut. Am Schluss sagt er, kommt gut und das reicht für heute und ich soll mir noch mal eine Stunde einplanen, dann könne er es fertig machen.

Ich schaue an, was schon gemalt ist und freue mich spontan. Es berührt mich, aber nicht, weil ich abgebildet bin, sondern grundsätzlich, weil der Moment gut erfasst worden ist. Hey, Louis, bin das wirklich ich?

Ja, klar. Das bist du, aber nicht realistisch, sondern wahr. Mir ist die Wahrheit wichtig, wenn ich male. Nur gelingt sie mir leider nicht immer. Aber schau. Dieses Mal hat es funktioniert. Irgendwie ist es wie mit diesem Versuch von Fanny, den ich dir vorher gezeigt habe. Wenn der Anfang stimmt, dann klappts. Da braucht es keine Theorie und nichts.

Das ist bei meinem Roman auch so, sage ich. Ich hab die Geschichte, die Figuren, aber was ich jetzt noch brauche, ist ein perfekter Anfang.

Ich dachte, du bist mehr oder weniger fertig.

Bin ich auch. Mehr oder weniger, aber mit dem Anfang eher weniger als mehr. Nicht jeder Schriftsteller fängt von Anfang an mit dem Anfang an. Und jetzt, da du sagst, wenn ein Bild am Anfang stimmt, dann wird es gut, jetzt hab ich möglicherweise die Erleuchtung. Ich muss am Anfang rumschrauben, nicht am Schluss! Stimmt der Anfang, stimmt alles.

Louis wollte darauf antworten, aber das alte Telefon, das im Vorzimmer an der Wand hängt, klingelte. Er ging ran, und ich nutzte den Moment alleine im

Atelier, um in einem Notizbuch zu blättern, das auf dem Fenstersims lag. Es war so etwas wie ein Tagebuch mit Skizzen und Fotos. Da und dort klebte auch eine Quittung aus einer Kneipe oder eine Visitenkarte, manchmal mit knappen Bemerkungen wie »Rindszunge hervorragend« oder »Rotwein zu warm serviert«. Oder an anderer Stelle: »Frauen, die in der Öffentlichkeit ständig Wasser aus PET-Flaschen trinken, sind mir suspekt.« Und auf einer nächsten Seite: »Wie lässt sich die Bewegung der Luft festhalten?«

Und auf der letzten Seite, die beschrieben war, stand der Anfang eines Gedichts: Lange glaubte ich / das Brot der Jugend sei gegessen / Was auf früher wies / war tief und gut vergessen / Nun erscheinst du mir / und manches kommt zu Tage / was ich kaum kaschiert / im Unbewussten trage.

Ich nahm einen Bleistift, der auf dem Tisch lag. Und noch bevor Louis zurück war vom Telefonieren, schrieb ich unter das Gedicht: Wen die Muse küsst / dichtet einem König gleich / Wenn er's lesen müsst / würden seine Ohren weich.

Wer war's?

Fanny, sie ist ausgeschlafen, sie kommt noch mal.

Und? Hast ihr hoffentlich gesagt, du hast keine Zeit, bist gerade daran, einen wichtigen Kerl zu porträtieren.

Bist ein Clown. Ich sagte, es ist gut, sie soll kommen, ich bin da.

Und unser Porträt?

Ich habs dir doch schon zu erklären versucht. Das beenden wir morgen oder übermorgen. Eine solche Arbeit muss man in Etappen aufteilen. Die Pause darfst du nicht unterschätzen. Jeder Künstler muss seine Arbeit von Zeit zu Zeit unterbrechen. Wenn man nachher wieder draufschaut, sieht man Dinge, die man vorher nicht gesehen hat.

Dann sagst du mir wohl als Nächstes, ich müsse nun gehen, weil Porträtieren ist etwas wie ein intimer Dialog zwischen dem Künstler und seinem Modell und ein solcher Dialog darf unter keinen Umständen durch die Anwesenheit einer Drittperson gefährdet werden.

Du kannst Gedanken lesen! Genau das sage ich dir jetzt.

Also, man sieht sich, falls sie zufälligerweise nach mir fragt, sagst du Fanny, ich bin zu Hause und es geht mir gut.

Ich ging direkt nach Hause, schloss online ein paar Sportwetten ab, internationaler Fußball, Frauentennis und ein paar Hunderennen in England. Bei Hunden bin ich nicht so à jour wie beim Kicken, aber manchmal gehts auch um den Spaß. Und wenn einer wie ich, der insgeheim etwas Angst vor Hunden hat, mal eine Stange Geld mit Hunderennen gewinnt, dann ist es doppelt schön. Einmal setzte ich fünfundzwanzig

Pfund und gewann siebenhundertfünfzig. Ich wettete damals auf einen Hund, der Jet Stream Sound hieß. Ich mochte den Namen und es klappte tatsächlich. Jet Stream Sound ist eins zu dreißig Außenseiter und gewinnt! Seither sage ich jedem Windhund, der mir auf der Straße begegnet, er solle seinem schnellen Bruder in England bei Gelegenheit danken.

Als ich mit den Sportwetten fertig war, machte ich am Roman weiter. Seit ich bei dieser Frau Borowski gewesen war, lief es eindeutig besser. Die Motivation ist unbezahlbar. Es war wie damals, als ich als Junge auf ein Rennrad gespart hatte. Ich malochte in den Schulferien in der Coop-Metzgerei. Und obwohl es eine unglaubliche Plackerei war, ging ich jeden Morgen gerne hin, weil mich der Gedanke an das Rennrad motivierte. Mein Vater war ein Riesenfan von Fahrradrennen. Er fuhr immer nach Zürich, um Bahnrennen zu schauen, außerdem nahm er mich zu internationalen Querfeldeinrennen mit, die damals groß im Trend waren. Roger De Vlaeminck gegen Albert Zweifel in Melchnau. Ein unvergessliches Duell. Und wenn die Tour de Suisse in der Nähe von Olten vorbeiführte, fehlten wir nie. Denn als Junge wollte ich dem Vater gefallen, also sparte ich auf ein Rennrad und nahm mir vor, der nächste Hugo Koblet zu werden, Profi zu werden, allen davonzufahren und zu schauen, dass der Vater platzt vor Stolz. Aber später platzte er anders, ich meine ganz, was mit der

Niere. Ging dann brutal schnell, fast zu schnell, als dass ich es hätte erfassen können. Ich war vierzehn, ein Rennrad vom Feinsten, stramme Waden und eine tipptoppe Kondition, aber keinen Vater mehr. Und ohne Vater wurde diese Radfahrerei ziemlich sinnlos. Entschuldigung, ich meine, für wen hätte ich noch den Giro d'Italia und die Tour de France, Paris–Roubaix, die Flèche Wallonne, die Straßen-WM und all die vielen Sechstagerennen gewinnen sollen? Für wen, wenn nicht für Vater? Klar, ein Schlaumeier oder Psychologe könnte nun behaupten, man solle nicht die Träume eines anderen erfüllen. Die Motivation müsse immer aus einem selbst kommen und nicht von außen. Was aber ist innen und was ist außen? Wenn ich motiviert bin, etwas zu machen, um jemand anderem zu gefallen, dann ist die Motivation immer noch in mir selbst. Was in einem drin ist, ist der Motor, und das draußen, das ist die Zündung. Und als Vater starb, hatte ich zwar den Motor noch, aber ohne Zündung sprang er nicht mehr an.

Über so etwas grübelte ich nach, wenn ich eine kurze Pause einlegte und vom Schreibtisch wegging. Aber saß ich wieder am Text, war ich hundertprozentig bei der Sache, also beim Roman. Ich vergaß die Zeit, merkte nicht einmal, dass ich nichts zu Abend gegessen hatte. Erst, als mir beim Schreiben die Augen zufielen, schaute ich auf die Uhr und sah, dass es schon ein Uhr morgens war.

Was? Ein Uhr morgens? Und Fanny? Ich war mir sicher gewesen, dass Fanny im Laufe des Abends aufkreuzt und dass wir dort weitermachen können, wo wir am Morgen aufgehört hatten. Aber ich habe nichts von ihr gehört.

Ich schrieb den nächsten Tag wieder durch und wieder hörte ich nichts von Fanny. Den übernächsten schrieb ich ebenfalls durch und noch einmal nichts gehört. Eigentlich wollte ich cool bleiben und so tun, als ob es mir nichts ausmacht. Dann hielt ich es doch nicht mehr aus und machte mich auf die Suche nach ihr.

Es war wie verhext. Niemand wusste, wo sie war, und ihr Telefon nahm sie auch nicht ab. Alles, was man in Olten abklopfen kann, hatte ich abgeklopft. Dass sie in Zofingen nicht ausgeht, wusste ich. Dass sie aber auch in Bern niemand gesehen haben wollte, jedenfalls keiner der Deppen, die ich fragen konnte, gab mir zu denken. Also rief ich bei ihr zu Hause an. Dort nahm wenigstens jemand ab – ihre Mutter. Ich wusste erst gar nicht, was ich sagen sollte. Hatte nämlich noch nie das Vergnügen gehabt. Dummer Affe, der ich bin. Hätte mir ja zuvor ein paar Sätze zurechtlegen können, für den Fall, dass die Mutter abnimmt. Aber nein, einfach anrufen und nicht daran denken, dass es naheliegt, wenn du eine anrufst, die bei den Eltern wohnt, dass der Vater oder die Mutter ans Telefon geht. In diesem Fall ist es die Mutter, die sich meldet, mit einer Stimme, die nicht viel anders klingt als Fannys, ähnlich warm, vielleicht aber irgendwie strenger.

Ich grüße und frage, ob sie Fanny rufen kann.

Wer ich sei und ob sie Fanny was ausrichten könne, fragt sie.

Ich bin ein guter Bekannter aus Olten. Fanny und ich haben ein paar gemeinsame Freunde aus der Kunstszene. Und ich hab einfach gedacht, ich rufe mal an, um zu fragen, wie es so geht, weil ich schon länger nichts mehr gehört habe. Ich versuche möglichst locker zu klingen, damit die Mutter nicht merkt, dass ich mir Sorgen mache.

Sie habe Fanny schon ein paar Tage lang nicht mehr gesehen, sagt die Mutter. Aber wenn sie sie sehe, werde sie ihr gerne ausrichten, dass ich angerufen habe.

Hoppla, das verstehe ich jetzt aber nicht.

Wie sie schon gesagt habe: Fanny sei ein paar Tage lang nicht zu Hause gewesen. Sie sei aus Belgien zurückgekommen und jetzt sei sie wieder weg. Das komme ab und zu vor, Fanny sei halt ein Freigeist. Sie selbst und ihr Mann hätten sich daran gewöhnt, sagt sie und lacht ein bisschen. Wie ich überhaupt hieße?

Frank Gobeur, aus Olten.

Und Sie sind ein Freund von Fanny?

Genau.

Sie müssen entschuldigen, Herr Gobeur. Ich kann

Ihnen auch nicht mehr sagen. Und wie gesagt, falls sie sich meldet, werde ich ausrichten, dass Sie angerufen haben.

Kein Problem, wenn Sie nicht mehr wissen, können Sie auch nicht mehr sagen. Das leuchtet ein. Trotzdem vielen Dank.

Kein Problem, Herr Gobeur, einen schönen Tag noch.

Erst, nachdem ich aufgelegt habe, merke ich, wie saublöd das Gespräch gewesen ist. Ich meine, normalerweise hat man eine Vorstellung davon, wie ein Gespräch verlaufen kann. Aber das Gespräch mit Fannys Mutter hat dieser Vorstellung nicht wirklich entsprochen. Die Mutter war zwar einigermaßen freundlich, aber ich, ich bin mir total steif vorgekommen.

Eigentlich hätte ich danach an meinem Roman weitermachen sollen, aber ans Schreiben war nicht mehr zu denken. Ich machte mich auf die Suche nach Grunder, weil man mir gesagt hatte, er sei auch wieder aus Belgien zurück.

Zuerst schaue ich im Café Ring nach und tatsächlich sitzt er im Café Ring mit dem Vater des Wirts, der nur noch selten in Olten ist. Sie haben beide einen Espresso vor sich auf dem Tisch.

Hallo zusammen. Alles gut bei den frisch frisierten Frauenverführern?

Jackpot, alter Tagträumer. Beehrst du uns auch wieder mal?

Hey, hey, locker bleiben, ich verbringe alles in allem mehr Zeit in diesem Café als in meiner Wohnung. Weiß gar nicht, weshalb ich noch Miete bezahle. Und du, Grunz? Zurück von der belgischen Flachetappe? Hast du was Interessantes gesehen im Land von Rembrandt? Ich meine, außer Fanny.

Wie du siehst und hörst, bin ich tatsächlich wieder zurück. Aber wenn ich mal etwas pingelig sein darf: Rembrandt ist Holländer, Jackpot, Holländer, nicht Belgier.

Das ist ja wohl kein großer Unterschied.

Aha, kein großer Unterschied. Und wenn ich dir sagen würde, Arien Robben sei Belgier, dann wäre das auch kein großer Unterschied?

Das ist was anderes. Robben hat nie gemalt.

Das kann noch werden, glaub mir, das kann noch werden. Heutzutage meint jeder dieser gelangweilten Prominenten, er müsse im Alter auch noch den Pinsel schwingen.

Wieder andere meinen, sie müssten im Alter möglichst junge, möglichst gut aussehende Begleiterinnen mit auf ihre Reisen nehmen.

Wenn eine Begleiterin intelligent genug ist, zwischen Jahrgang und Qualität unterscheiden zu können, dann schaut sie möglicherweise eher auf die Qualität und kommt zum Beispiel mit nach Belgien.

Weißt du was, Grunz? Du sprichst beinahe wie ein Autoverkäufer. Die wollen einem bei den Autos, die schon viel zu viele Kilometer auf dem Tacho haben, auch irgendwas von Qualität erzählen.

Auf diese Bemerkung geht Grunz nicht mehr ein. Er lächelt nur verschmitzt und fragt, ob er noch einen Espresso haben könne.

Müsstest auch mehr Kaffee zu dir nehmen, Jackpot, Koffein ist ein natürliches Antidepressivum, ein Stimmungsaufheller, je dunkler der Kaffee, desto heller die Stimmung. Stimmt doch, Werner?

Stimmt genau. Dieser Laden hier hat in der regionalen Depressionsbekämpfung mehr geleistet als alle Psychiater zusammengenommen. Wenn es nach mir ginge, müsste jede Bestellung hier der Krankenkasse angerechnet werden können.

Weiß einer, wer hier für die Hintergrundmusik zuständig ist?

Das ist keine Hintergrundmusik, das ist der Ventilator vom Kühlgerät.

So und ähnlich wärmen wir uns verbal auf. Immer noch ein Spruch und noch einer.

Ich hatte irgendwann genug von dem dummen Geschwätz und sagte zu Grunz, dass ich mir Sorgen mache. Seit Tagen habe niemand eine Ahnung, was mit Fanny los sei.

Ich solle mir keine Sorgen machen. Fanny gehe es tipptopp. Sie sei momentan dabei, sich ein wenig zu entspannen.

Entspannen von was?

Das wisse er auch nicht. Er wisse nur, dass sie gesagt habe, sie wolle ein wenig alleine sein. Und ob ich jetzt Fannys Vormund sei.

Du willst mich provozieren, Grunder.

Nichts davon. Ich sag nur, Fanny geht es bestens und sie ist am Entspannen. Was dir übrigens auch guttun würde. Nimm ein Erdbeertörtchen, ist tipptopp, wenn du zu niedrigen Blutzucker hast.

Es reicht jetzt, Grunz, es reicht. Ich mache einen Spruch. Du machst einen Spruch. Dann wieder ich. Dann wieder du. Das ist eine Zeit lang lustig. Aber ich würde gerne ernsthaft mit dir reden.

Grunz verstand, legte mir eine Hand auf die Schulter und fragte, ob wir an der Aare spazieren gehen wollen. Er habe Zeit und ich sicher auch. Das Wetter sei ebenfalls gut. Und überhaupt habe ihm der Arzt gesagt, er solle sich mehr bewegen.

Also gehen wir an der Aare entlang. Aareabwärts auf der rechten Seite. Wir sind nicht die Einzigen. Guten Tag miteinander. Guten Tag miteinander. Guten Tag. Guten Tag. So, auch unterwegs? Auch das Wetter am Genießen? Na ja, wenn es schon mal schön ist. So ist es. Man nimmts, wie's kommt. Jetzt nur nichts daran ändern. Sie sagen es, Sie sagen es. Also, noch eine schöne Zeit und genießen Sie's. Gleichfalls. Danke. Und zehn Meter weiter schon wieder jemand, den man kennt. Guten Tag, Herr Spörri. Tag miteinander. So, auch unterwegs. Wie Sie sehen. Klar, bei dem Wetter. Mal den Hund etwas bewegen? Oder er mich. Nötig haben wir's beide. Schön. Und wie geht es Ihrer Frau? Wollen nicht klagen. Das hört man gerne. Sagen Sie Grüße. Wills ausrichten. Also, dann noch einen schönen Tag. Danke, gleichfalls. Guten Tag, Herr Grunder. Guten Tag, Frau Kissling. So, auch am Spazieren? Bei dem Wetter muss man ja fast raus. Sie sagen es. Eben, man macht, was man kann. Wenn nur was geht.

Weißt du was, Grunz? Wenn es so weitergeht, grüßen wir uns durch bis Wiznau und von dort wieder zurück.

Was willst du denn? Können ja nicht an der Aare entlanggehen, ohne zu grüßen. Nicht zu grüßen ist auch keine Lösung. Und jede oberflächliche Kommunikation ist gut für die psychische Hygiene.

Und Fanny?

Was ist mit Fanny?

Ich dachte, wir gehen an der Aare entlang, um über Fanny zu reden.

Ja, du hast recht, deswegen sind wir da. Guten Tag miteinander. Guten Tag. Hallo zusammen, Grüßgott. Sieht man sich auch mal wieder?

Guten Tag, Herr Grunder, guten Tag, Herr Gobeur, so, auch das Wetter am Genießen?

Klar, wenn es wieder mal so schön ist.

12

Grunder blieb stehen, stützte sich am Geländer ab und schaute ins Wasser, das Richtung Aarau unterwegs war. Er schaute in die Aare, als würde er etwas suchen.

Schau dir mal diesen Fluss an, sagte er. Komm, stell dich neben mich und schau, wie sich das Wasser gleichmäßig bewegt. Das ist kaum zu verstehen. Oder verstehst du es? Wir können reinsteigen, aber wir steigen nie zwei Mal in den gleichen Fluss.

Das ist doch von diesem Griechen. Du hast es mir schon mehr als einmal gesagt, nicht wahr?

Genau, das ist von diesem Griechen.

Henry, ein Pianist, den ich kenne, sagt, die Aare sei eine Schlange, die Fahrräder, Menschen und Tierkadaver frisst. Daran muss ich immer wieder denken. Aber sag noch mal, wie der Grieche heißt.

Heraklit heißt er, der Grieche. Er hat sich was überlegt. Und jetzt fragst du dich, warum ich von diesem Griechen rede, wenn du wissen willst, was mit Fanny los ist. Aber weißt du, Heraklit hat eben auch gesagt, viel wissen ist nicht dasselbe wie viel verstehen. Und wenn ich dir von Fanny erzähle, dann weißt du danach vielleicht viel, aber möglicherweise verstehst du es trotzdem nicht.

Mach es nicht spannend.

Ich mache es nicht spannend, ich bereite dich nur vor.

Auf was?

Schau, Jackpot, du hast es ja selbst gemerkt, Fanny hat uns allen den Kopf verdreht, dir, mir, Louis und wer weiß wem noch. Sie lebt gern. Sie liebt das Leben. Sie liebt die Menschen. Sie liebt sich selbst. Und weil sie alles liebt, lieben wir sie so sehr. So etwas strahlt ab. Das nennt man Wechselwirkung. Das Problem ist nur die Eifersucht. Fanny weiß nicht, was das ist. Sie kennt nur die Großzügigkeit. Sie hat noch nicht gemerkt, dass großzugige Menschen am Ende gehasst werden.

Wie kommst du darauf? Wer hasst Fanny?

Bis jetzt vielleicht noch niemand. Aber warte nur. Plötzlich hasst du sie oder ich oder Louis oder wir alle zusammen. Wir begehren sie. Und warum begehren wir sie? Weil sie jung ist, weil sie schön ist, weil sie interessant ist, weil sie einem schon beim Anschauen Wärme gibt, weil sie all das ausstrahlt, was das Leben lebenswert macht. Nur, weißt du, so ein Begehren kann sich verwandeln. Zuerst kommt der Zweifel.

Nach dem Zweifel kommt die Eifersucht. Dann kommt die Verlustangst. Und zuletzt kommt der Hass. Der Hass kommt meist nach der Angst oder mit der Angst zusammen.

Weißt du was, Grunz, wenn ich dir zuhöre, ist es, als würde ich so ein amerikanisches Buch lesen. Ich meine diese Bücher, die in Amerika so beliebt sind, diese Bücher, die den Leuten erklären, wie die Persönlichkeit funktioniert und welche fünf oder sieben oder zehn oder zwölf Grundregeln man beachten muss, wenn man im Leben vorwärtskommen will. *Seven Steps to Be Rich and Successful* oder *The Ten Rules to Find Happiness*. Weißt du, was ich meine?

Grunder schaut mich kurz an und bleibt dabei ganz ernst. Danach schaut er wieder auf den Fluss, der heute grün glänzt, und fährt fort: Fanny war meine Studentin. Sie ist begabter als die meisten. Fast alle, die mit ihr studiert haben, haben sich in Fanny verliebt. Sie hat es nicht einmal gemerkt. Sie ist einfach so, wie sie ist. Sie gibt und nimmt, ohne groß darüber nachzudenken.

Und was soll das heißen? Was willst du mir sagen?

Grunder ging weiter, ziemlich langsam oder so schnell, wie seine alte Lunge es ihm erlaubte. Ich ging einen halben Schritt hinter ihm her. Lange sagte er nichts und plötzlich blieb er wieder stehen. Am Geländer war ein Zettel angebracht: Vorsicht beim Aufenthalt an der alten Aare. Zwischen Winznau und Gösgen kann der Wasserspiegel rasant ansteigen.

Das heißt nichts. Das heißt nur, dass Fanny irgendwann einmal gemerkt hat, dass ihr Fanclub zu groß geworden ist. Weißt du, bewundert zu werden kann auch eine Belastung sein. Deshalb ist sie im Moment bei Marie-Claire, das ist eine alte Freundin von mir, die in Morges, am Genfersee, wohnt.

Eine Malerin?

Ja, eine gute Freundin, Louis kennt sie auch.

Ich kenne sie auch, ich hab kürzlich eine Ausstellung von ihr in Balsthal besucht, dort hab ich sie kennengelernt.

Umso besser, dann hast du wohl auch gemerkt, dass sie ein guter Mensch ist, mit einem großen Herz. Na ja, ich sagte zu Fanny, sie solle mal weg aus Olten, ein paar Wochen durchatmen. Es sei für uns alle besser. Marie-Claire hat ein großes Haus für sich allein, seit ihr Mann gestorben ist. Sie freut sich, wenn jemand sie besucht.

Spinnst du, Grunz? Ich hätte sie gehabt! Sie hat bei mir übernachtet! Ich hatte sie, Grunz, sie hat sich für mich entschieden! Du magst sie mir nicht gönnen, kannst es nicht ertragen, dass sie sich für mich und gegen dich und gegen Louis entschieden hat! Du willst mich nur fertigmachen!

Ich wurde laut, aber Grunder änderte seinen Tonfall nicht. Er redete noch immer wie ein Lehrer, der zu einem Schüler spricht, dem etwas nicht in den Kopf will:

Ich habe es dir zu erklären versucht. Fanny gehört niemandem. Sie gehört nur sich selbst.

Das sagst du nur, weil es für dich weniger schlimm ist, wenn sie niemandem gehört, als wenn sie mit mir ist! Grunz, du bist ein Intrigant. Du hast gemerkt, dass sie dich nicht will, und nun magst du sie mir nicht gönnen.

Sag nicht so schlimme Sachen.

Grunder bewegte sich wieder. Er legte mir einen Arm um die Schulter, und so gingen wir noch ungefähr eine halbe Stunde weiter. Niemand sagte ein Wort, außer wir mussten grüßen. Jetzt denken die Leute, wir sind ein Schwulenpärchen, sagte ich zu Grunder. Das sei ihm völlig egal, was die Leute meinen, sagte er und dann lange wieder nichts.

Als wir kehrtmachten und Richtung Olten zurückgingen, fragte ich ihn, was Fanny in Morges nun mache.

Zeichnen, sagte er, sie zeichnet und malt. Und ich solle ja nicht auf die Idee kommen, sie zu stören. Fanny sei unglaublich begabt und es sei wichtig, dass sie in Ruhe arbeiten könne.

Verdammt, Grunz! Warum hast du sie dort versteckt? Sie vermisst mich! Ich bin mir sicher, dass sie mich vermisst!

Kannst ihr ja einen Brief schreiben. Weißt du noch, was ein Brief ist? Das Ding mit Umschlag, Briefmarke und Adresse, die man auf den Umschlag schreibt.

Schreib Fanny einen Brief. Wozu bist du Schriftsteller?

Bin ich das?

Hey, Jackpot, was denn sonst?

Keine Ahnung, irgendwas, ein Verlierer, ein Esel, einer, der nichts auf die Reihe kriegt, nicht einmal bei Rückenwind. Klar erzähle ich in der Gegend rum, ich sei Schriftsteller. Das ist eine Behauptung, und nicht die schlechteste. Ich schreibe ja auch tatsächlich. Aber von was lebe ich? Von den Windhunden, den Pferden, meinem Bruder, von allem Möglichen, aber nicht vom Schreiben.

Was habe ich dir mal zu dem Thema gesagt, Jackpot?

Dass ein Künstler nur Künstler ist, wenn er es selbst behauptet. Künstler sein ist immer eine Behauptung.

Eben, genauso ist es. Es spielt keine Rolle, ob du von der Kunst lebst oder vom Betteln oder von sonst was. Es kommt nur drauf an, mit welcher Überzeugung du dir und anderen klarmachst, dass du Künstler bist.

Aber ich habe keine Lust mehr, ich mag nichts mehr behaupten und nichts mehr klarmachen.

Nicht weinen, Jackpot, nicht jammern. Jetzt schreibst du diesen Roman zu Ende, dann male ich dir ein schönes Buchcover, danach kommst du groß raus oder auch nicht, und dann schreibst du den nächsten Roman und den übernächsten, und irgendwann gerätst du an eine liebe Frau, die nichts anderes will, als deine Frau zu werden und Mutter deiner Kinder und der Sonnenschein deines Alltags, und alles wird gut.

Ich jammerte weiter. Sagte ihm, er habe keine Ahnung. Für ihn sei das mit Fanny vielleicht eine Schwärmerei, aber für mich was ganz anderes. Außerdem sei er über siebzig und ich ungefähr halb so alt und so gesehen hätte ich mehr Anspruch, weil eine längere Lebenserwartung.

Als wir beim Bahnhof ankamen, gingen wir untendurch weiter bis zur Holzbrücke und überquerten sie, dann durch die Altstadt bis zum Kunstmuseum und dort rechts nach hinten ins Astoria und hinauf in die Bar, die eigentlich Sixième heißen müsste, mit »x«, aber auf dem Schild steht Sisième mit »s«, weil der Wirt wahrscheinlich angenommen hat, wenn er es mit »x« schreiben würde, könne es keiner richtig aussprechen. Es war unterdessen halb fünf.

Haben Sie schon geöffnet?, fragt Grunder, als wir im sechsten Stock ankommen. Der Typ an der Bar nickt und sagt, wir kämen gerade richtig, er habe in diesem Moment aufgemacht.

Ob wir richtig oder nicht richtig kommen, müsse nicht er beurteilen, will ich sagen, aber ich verkneife es mir und bestelle einen Jack Daniel's.

Mit Eis?

Mit viel Eis und viel Jack.

Also einen Doppelten?

Ich weiß nicht, wie ihr hier oben sagt, wenn ein Jack Daniel's gut eingeschenkt ist. Vielleicht nennst du das »einen Doppelten«. Ich sage »gut eingeschenkt«. Bitte kippe so viel rein, dass ein Mann von fünfundsiebzig Kilo circa eine halbe Stunde lang seinen Kummer vergessen kann.

Er schaut mich an, als wäre ich nicht ganz dicht, was irgendwie auch stimmt, und schenkt mir einen Doppelten ein und Grunder eine Weißweinschorle. Wir sind nicht ewig geblieben, aber immerhin lange genug, dass ich mir den oberflächlichen Schmerz wegspülen konnte.

Ich war dann schnell etwas besser drauf und schlug Grunder vor, den Zug zu nehmen und nach Lausanne zu fahren, weil am Abend Lausanne gegen Aarau kickte und ich ziemlich viel auf Aarau gewettet hatte und die Erfahrung zeigt, dass meine Wetten besser aufgehen, wenn ich bei den Spielen persönlich anwesend bin.

Grunder macht sich nichts aus Fußball, aber wahrscheinlich dachte er, es sei besser, er komme mit, für den Fall, dass ich irgendeinen Blödsinn mache, wenn ich allein unterwegs bin. Um sechs fuhren wir los. Es wird eng, sagte ich noch, aber wenn wir in Lausanne am Bahnhof ein Taxi nehmen, reicht es noch.

Wir nehmen sowieso ein Taxi, sagte Grunder, ein Taxi nehmen ist eine Grundhaltung oder so was wie ein Statement.

Ein Statement? Ein Statement wofür?

Ein Statement, das besagt, schaut, ich weiß nicht, wie ich die Miete bezahlen soll, ich weiß nicht, wie ich die Krankenkassenprämie bezahlen soll, ich weiß nicht, wie ich die Telefon- und Steuerrechnung zahlen soll, aber ich weiß, dass man sich besser vorkommt, wenn man in einem Taxi rumfährt als in einem vollgestopften Bus.

Etwas mag ich an dir, Grunz, du kannst Dinge gut erklären. Manchmal, wenn du was erklärst, ist es plötzlich logisch, dann muss man nicht mehr nachfragen. Außer es handelt sich um Fanny, da ist es nicht ganz logisch oder besser gesagt überhaupt nicht.

Jetzt fang nicht schon wieder mit Fanny an. Erzähl lieber, wie viel du gewinnst, falls Aarau heute Lausanne schlägt.

Das kommt aufs Resultat an, es reicht nicht, wenn sie gewinnen, sie müssen genau drei Tore machen und Lausanne genau eins.

Und dann gibts wie viel?

Viel, sehr viel. Zehn Prozent gehen an dich, weil du mich begleitest.

Als der Zug in Freyburg hält, schaue ich aus dem Fenster einem Raben zu, der auf dem Dach der Bahnhofshalle rumstolpert, im Schnabel trägt er einen Ast, der so groß ist, dass es kaum vorstellbar ist, dass so ein Vogel so einen Riesenast allein mit dem Schnabel rumtragen kann. Einige können eben mehr tragen und andere weniger, sagt Grunz, als ich ihn darauf anspreche. Sehr philosophisch, der alte Mann.

Der Taxifahrer in Lausanne ist Iraner, spricht ein herrliches Französisch, das fast wie Persisch klingt, ich sage das, ohne zu wissen, wie Persisch klingt. Als er uns vor dem Stadion rauslässt, studieren wir die alte Leuchtschrift mit den großen olympischen Ringen: Hast du gesehen Grunz, Stade Olympique, nichts weniger als das. Spürst du den olympischen Geist?

Das Einzige, was ich spüre, ist ein wenig Druck auf der Lunge.

Drinnen haben wir gerade noch genug Zeit, ein Glas Aigle zu bestellen, dann beginnt auch schon das Spiel. Ich habe einen Resultattipp gemacht, eine wunderschöne Quote, zweihundert Franken auf ein 1:3. Und als Aarau schon nach zehn Minuten in Führung geht, spüre ich, dass ich richtiglag. Das zweite Tor von Aarau gibt es noch vor der Pause. Eine Viertelstunde vor Schluss schießt Lausanne ein Tor, also weiß ich, dass ich ein gemachter Mann bin, falls Aarau das dritte macht.

Was ist los, Grunz, warum feuerst du Aarau nicht an? Es geht um eine hübsche Summe! Aber sie müssen noch eines schießen. Kommt, Jungs, eins macht ihr noch!

Ich bin nicht wahnsinnig fußballinteressiert, aber ich bin gerne an der frischen Luft, und mir gefallen alte Stadien, die schon etwas vom Tod gezeichnet sind. Weißt du, dieses Stadion war mal was, da schaute man mit Respekt hin, sogar ich, der sportmäßig keinen Blassen hat. Und jetzt schau dir diese Kiste mal an. Das Ding hat Patina.

Ohne Geld können sie kein neues Stadion bauen. Aber ohne neues Stadion können sie kein Geld machen. Das ist ein ganz normaler Teufelskreis.

Neue Stadien interessieren mich nicht, was mich interessiert, ist die Geschichte, die Spuren des vergangenen Lebens, die Vergänglichkeit. Wenn Pflanzen durch den Beton wachsen, wird es interessant. Wer hat was dazu geschrieben?

Keine Ahnung.

Solltest du wissen als Schriftsteller. Ich sags dir jetzt, aber du musst es dir merken, es war nämlich ein Oltner, der Otto F. Walter, er hat ein Buch über die Gesellschaft geschrieben, mit Beton und Gras im Titel.

Ich schaue mal, ob ich es mir in der Bibliothek besorgen kann.

Mach das.

Lustig, das hab ich gar nicht gewusst.

Deshalb sag ich es dir ja.

So, jetzt noch ein Tor für Aarau und wir haben einen schönen Batzen in der Kasse. Kommt, noch mal! Hopp Aarau! Hopp Aarau!

Meinst du, sie machen noch mal eins?

Auf jeden Fall! Ein makelloser Konter und wir hätten genau das Resultat, das wir brauchen.

Nach welchen Kriterien wird das Geld denn ausgeschüttet?

Bei einer Resultatwette musst du das genaue Resultat haben, ist ja logisch. Je unwahrscheinlicher das Resultat, desto höher die Quote.

Und dein Resultat ist unwahrscheinlich oder nicht so unwahrscheinlich?

Das wird sich gleich zeigen. Aber wenn Aarau noch eins macht, verdiene ich das Fünfundzwanzigfache von dem, was ich gesetzt habe, also fünf Tausender.

Viereinhalb, willst du sagen.

Nein, fünfundzwanzig Mal zweihundert geben fünf Tausender.

Viereinhalb, weil zehn Prozent gehören ja mir, hast du gesagt. Oder weißt du das schon nicht mehr?

Klar, klar, daran hab ich nicht gedacht. Wir werden beide reich.

Als er sich das bewusst gemacht hat, wird sogar Grunder etwas nervös. Tatsächlich hört man ihn nun auch Hopp Aarau rufen. Aber auf dem Platz lief es nicht rund. Lausanne drängte auf den Ausgleich und Aarau versuchte, den knappen Vorsprung über die Zeit zu retten. Den Spielern konnte es ja egal sein, ob sie mit 2:1 oder 3:1 gewinnen, die wussten ja nicht, was für eine Freude sie mir bereiten könnten mit einem 1:3, zu dem es einfach nicht kam. Hauptsache Auswärtssieg, müssen sie sich gesagt haben. Also versuchten sie, den Vorsprung zu verwalten. Am Schluss blieb es tatsächlich bei 1:2. Es wurde nichts mit dem großen Gewinn, auch wenn fast nichts gefehlt hatte. Das ist oft so beim Wetten, dass du wegen ganz wenig nicht ganz reich wirst. Das musst du vergessen können. Vergessen und an einer neuen Wette rumstudieren, alles andere macht dich fertig. Die Welt ist voller Typen, die es beinahe geschafft haben, die beinahe die richtige Frau gehabt haben, die beinahe im Lotto gewonnen haben, die beinahe ein Studium durchgezogen haben und beinahe groß rausgekommen sind, die beinahe den Durchbruch geschafft hätten.

Pech in der Liebe und Pech im Spiel, sagte Grunz. War kein guter Spruch, jedenfalls nicht damals und dort. Sogar bei so einem schlauen Typen, wie Grunz einer ist, konnte es vorkommen, dass er einen banalen Standardspruch rauslässt, klar, leicht abgeändert, das schon, aber blöd bleibt er so oder so.

Sei still, Grunz, sag einfach mal gar nichts!

Grunder hielt sich daran und ging mit mir nach Lausanne, in die Stadt. Jetzt essen wir was Rechtes, ich lade dich ein, dann kommst du mal wieder auf andere Gedanken.

Ich brauche keine anderen Gedanken. Die Gedanken, die ich habe, sind haargenau die Gedanken, die zu dem passen, was mich momentan beschäftigt. Und wenn ich unbedingt andere Gedanken wollte, würde ich einfach andere Sachen denken. Aber dass ich zum Beispiel essen müsste, um auf andere Gedanken zu kommen, ist eine falsche Überlegung. Zu meinen, man müsse zwingend etwas anderes tun, um auf andere Gedanken zu kommen, ist ein weit verbreiteter Irrtum. Auch wenn die meisten Leute diese Sachen unterschreiben würden, all diese Redensarten, wie »den Kopf auslüften« oder »die schweren Gedanken abschütteln«, sind völlig sinnlos. Das ist alles fürs Poesiealbum, das ist gut für die, die noch nie schwere Gedanken hatten. Die meisten Redensarten kannst du sowieso vergessen. Der Kopf ist keine Bettdecke, die du mal schnell auslüften kannst, sorry, überleg doch mal.

Das kann schon sein. Aber was essen sollte man trotzdem.

Vielleicht gibt es ja in Morges eine gute Kneipe. Morges ist nicht weit von hier, ist sicherlich schön, mit dem See und allem. Was meinst du?

Nicht durchdrehen, Jackpot, ich habe dir doch schon an der Aare gesagt, sie braucht ihre Ruhe.

Wir sind ja ruhig, es gibt zurzeit vermutlich keine ruhigeren Typen hier am Genfersee als uns beide.

Grunder war nicht zu überzeugen. Wir fuhren zurück, aßen etwas im Zug und ich ging danach nach

Hause, machte die ganze Nacht kein Auge zu, und das bei offenem Fenster, ich meine nur, von wegen Kopf auslüften.

13

Viele glaubten nicht mehr daran, aber ich brachte das Manuskript tatsächlich zu Ende. Die Wochen gingen ins Land, Fanny ließ nichts mehr von sich hören und beantwortete meine Briefe nicht. Ich schrieb immer weniger Briefe und investierte immer mehr Zeit in meinen Roman. Als ich das Gefühl hatte, er sei fertig, schickte ich das Manuskript an Frau Borowski, und was mich am meisten verwunderte, war, dass sie es ziemlich gut fand. Klar, ein paar Einwände hatte sie, aber nichts, das unkorrigierbar gewesen wäre. Ich war sogar froh, noch einige Wochen an den Korrekturen arbeiten zu können. So musste ich nicht mehr so oft an Fanny denken. Obwohl, und das sollte auch nicht verschwiegen werden, richtig vergessen konnte ich sie auch nicht. Vor allem, wenn wieder jemand kam, ich solle doch mal zum Haus raus, die Freunde hätten mich schon lange nicht mehr gesehen, es sei nicht gut, die ganze Zeit in der Wohnung rumzuhocken, ein Bierchen oder zwei haben noch nie jemandem geschadet und die ganze alte Leier.

Normalerweise blieb ich hart und erklärte, ich könne mich unmöglich ablenken lassen, meine Zukunft als Schriftsteller stehe auf dem Spiel. Aber immer diszipliniert zu sein und jeder Versuchung zu widerstehen entspricht natürlich auch nicht meinem Naturell. So ließ ich mich das eine oder andere Mal überreden, auszugehen. Zum Beispiel, als Louis vorschlug, wir könnten auf seiner Dachterrasse ein paar Würste grillen und dazu alte Super-8-Filme gucken von damals, als er selbst noch gefilmt hat.

Danke für die Einladung, Louis, aber es geht nicht, ich muss es jetzt wirklich durchziehen mit diesen Romankorrekturen.

Du musst es wissen, Jackpot. Aber denk daran, die Kunst darf nicht erzwungen sein und ich habe die besten Würste, die das altehrwürdige Metzgerhandwerk je auf die Reihe gekriegt hat. Hab sie von einem alten Freund meines Bruders, der in Sankt Gallen wohnt. Es sind die besten Kalbsbratwürste, die du dir vorstellen kannst. Wenn du reinbeißt, musst du einen Moment lang warten, dann entfaltet sich der Geschmack, als würde eine Blume in deinem Mund aufgehen, ohne Witz.

Als würde eine Blume im Mund aufgehen? Weißt du was, Louis, das Bild mit der Blume, die aufgeht, könnte ein Spruch aus einem Bordeaux-Führer sein.

Ist aber von mir. Hör auf, wenn du sie versucht hast, weißt du, was ich sagen will. Zieh die Jacke an und komm zu mir rüber. Musst nichts mitbringen, ich hab alles da.

Um bei Louis auf die Dachterrasse zu gelangen, muss man durch die Wohnung auf den Dachboden und von dort über eine ausklappbare Holzstiege. Als ich oben ankomme, sind Koni und Grunz schon dort. Der Grill ist heiß und das Bier schön kühl. Fehlt nur noch Fanny, geht mir spontan durch den Kopf, aber ich sage nur Hallo zusammen.

So, was ist jetzt mit diesen Wunderwürsten? Kann man sie schon draufschmeißen?

Heute wird nichts überstürzt! Zuerst nehmen wir ein Bier, dann gibts Salat, danach gucken wir etwas in die Landschaft, und dann kommen die Würste dran.

Derjenige, der die Reihenfolge durchgab, war Koni, der mit den Haaren.

Später kreuzten noch Geri und Henry auf. Und noch später einer mit einer Pfeife, den ich nicht kannte, ein Matthias, offenbar ein guter Kunstmaler, also ein uralter Berufskollege meiner Freunde, der in Egerkingen wohnt.

Du bist der Schriftsteller?, sagt er und gibt mir die Hand. Eine liebenswerte und herzliche Begrüßung.

Das mit dem Schriftsteller ist noch umstritten. Im Moment reicht es, wenn du einfach Jackpot zu mir sagst.

Und was schreibst du so?

Bücher, die meisten Schriftsteller schreiben Bücher.

Klar, aber ich meine, müsste ich dich kennen? Welche Bücher hast du geschrieben? Vielleicht ist mir das eine oder andere schon begegnet.

Das glaube ich eher nicht. Ich hab noch nichts Berühmtes veröffentlicht. Mein letztes Buch heißt *Langer Heimweg*. Ist vergriffen. Aber das nächste, das rauskommt, wird gut. Bin an den Korrekturen.

Ein Roman?

Du sagst es, ein Roman. Ich schreibe nur noch Romane, der Roman ist die einzige Gattung, die zählt, alles andere wird nicht ernst genommen.

Von wem wird es nicht ernst genommen?, mischt sich Louis ein.

Von allen! Ich schreibe seit Jahren jeden Tag, aber keiner nimmt das Zeug ernst, das ich schreibe. Kommt hingegen dieser Roman raus, wollen plötzlich alle was von mir. Die Leute wollen Klarheit. Und ein Roman ist klar, beginnt vorne und hört hinten auf. Der Roman ist alles, und alles andere ist nichts. Kannst jede Buchhändlerin fragen.

Der Maler aus Egerkingen lacht. Er sei einverstanden, sagt er. Klarheit sei entscheidend. Er male auch sehr klar. Bei ihm sei ein Tisch ein Tisch und ein Haus ein Haus und eine Frau eine Frau.

Du malst also auch Frauen?

Warum auch?

Meine Freunde hier, die malen fast nichts anderes. Das soll dich nicht wundern. Bäume oder Tische mit einer Fruchtschale drauf oder Landschaften mit und ohne Himmel, davon hast du irgendwann genug. Aber Frauen kannst du immer wieder anschauen.

Ich will gerade überlegen, ob das stimmt, als Henry auf unsicheren Beinen allen ein neues Bier bringt. Wir sollen austrinken und neu anstoßen, lallt er, es sei nicht gut, wenn man das Bier zu lange stehen lässt.

Komm, Henry, komm zu uns und erzähl Matthias, wieso die Aare eine Schlange ist.

Henry fängt sofort mit der Schlange an, und ich nutze den Moment, um mich zu verdrücken. Gehe zu Grunz, nehme ihn etwas zur Seite und frage ihn, ob er was von Fanny gehört habe.

Was hätte ich hören sollen?

Was wohl? Ob es ihr gut geht, ob sie nur bald zurückkommt oder warum sie meine Briefe nicht beantwortet.

Grunz tut so, als müsste er überlegen. Dann sagt er, er wisse auch nichts Neues, aber ich solle mir keine Gedanken machen, alles sei gut.

Schon die Art, wie er das sagt, macht mich total nervös. Es gibt Momente, in denen jemand was sagt und man merkt sofort, dass das, was er sagt, nicht das ist, was er eigentlich hätte sagen müssen. Wenn er also beispielsweise sagt, ich müsse mir keine Gedanken machen, dann mach ich mir erst recht Gedanken.

Was ist los, Grunder, irgendwas ist doch!

Wir sollten mal die Würste auf den Grill legen. Ich kriege langsam Hunger, und die Glut ist optimal.

Lenk nicht ab. Du weißt was über Fanny, das du mir nicht erzählen willst.

Grunz sagt nichts und geht zum Grill hinüber, wo schon Louis und Geri stehen, sodass ich nicht mehr mit ihm alleine reden kann.

Die Würste waren tatsächlich sehr gut. Louis lag gar nicht so falsch mit dem Bild von der Blume, die im Mund aufgeht. Als wir alle unsere Würste hatten, stellten wir die Leinwand auf und schauten ein paar alte Super-8-Filme. Das meiste war ziemlich verwackelt, aber es gefiel uns trotzdem, vor allem Grunz, der auf vielen Reisen, die Louis gefilmt hat, mit dabei war.

Meine Güte, ihr habt Bärte gehabt, sagt Henry. Und diese Frisuren! Heute hat niemand mehr solche Frisuren!

Außer mir, sagt Koni.

Ja, aber bei dir ist es keine Frisur, bei dir ist es ein Teil des Kopfes. Bei dir kann man nicht mehr sagen, was zuerst war, du oder deine Frisur.

Irgendwann waren die Filme zu Ende. Wir brachen auf, alle fast gleichzeitig. Und ich sagte allen Tschüss und ging zügig voran, sodass ich schnell einen kleinen

Vorsprung hatte. In der Winkelunterführung wartete ich auf Grunz, weil ich wusste, dass er die Unterführung auch nehmen musste, und ich ihn dann endlich für mich hätte. Er erschrickt, als ich plötzlich neben ihm hergehe.

Verdammt, Jackpot, willst du mir einen Herzinfarkt bescheren?

Ich will wissen, was du mir nicht sagen willst!

Ich sage dir alles, Jackpot. Wüsste nicht, dass ich dir irgendwann etwas nicht gesagt hätte. Oder sonst sag mir, wann.

Heute Abend! Heute hast du mir nicht alles gesagt. Was ist mit Fanny?

Zuerst wollte Grunz noch ein wenig drumherumquasseln. Aber mit der Zeit merkte er, dass er mich nicht so abspeisen konnte. Also atmete er tief durch und sagte, nun gut, ich solle mit zu ihm kommen. Von der Holzbrücke bis zu Grunder geht man etwa zehn Minuten, er mit seiner Lunge vielleicht ein paar Minuten mehr. Wir redeten kein Wort auf dem Weg. Es war spät und die vielen Biere von Louis' Dachterrasse zeigten ihre Wirkung, aber als wir so nebeneinanderher gehen, merkte ich, dass ich von Minute zu Minute nüchterner wurde, und wie sich der Nebel aus meinen Hirnwindungen verzog. Ich kriege das Gefühl, ich sei noch nie mit so klarem Kopf unterwegs gewesen. Ungefähr so muss es sich anfühlen, wenn jemand, der zum Tod verurteilt ist, zum Galgen geht, denke ich, während wir durch die Oltner Nacht Richtung Hammer-Quartier gehen.

Die erste Überraschung erlebe ich vor Grunders Wohnung. Louis sitzt direkt vor dem Haus in seinem Jaguar. Als er mich sieht, steigt er aus und schließt das Auto ab.

Hey, Louis, da kannst du deinen Schlitten nicht stehen lassen, da ist Halteverbot!, sagt Grunder.

Louis lacht nur und sagt, mit Parkbußen sei es ähnlich wie mit dem ehelichen Beischlaf, es wird viel darüber geredet, aber passieren tuts selten.

Mich überrascht nicht nur, dass Louis direkt von seiner kleinen Grillparty hierher gefahren ist. Ich begreife auch nicht recht, warum es Grunder nicht wundert, dass unser Freund nicht zu Hause am Aufräumen ist, wie man das als Gastgeber meist macht, wenn die Gäste endlich mal gegangen sind.

Ich habe einen guten Kirsch mitgebracht, um den Kaffee zu verfeinern. Ihr seid ja so schnell verschwunden, dass ich die Flasche nicht einmal aufstellen konnte. Ich darf doch annehmen, der Kollege Grunder macht noch einen Kaffee, oder etwa nicht?

Grunder sagt, das sei selbstverständlich, und geht voran zur Treppe. Ich frage Louis, warum er hierher gefahren sei.

Weil ich von der Terrasse aus gesehen habe, dass du in Richtung Unterführung gesteuert bist. Da wusste ich, dass du wahrscheinlich hierher kommen und wenn du da bist, mit dem alten Mann über die junge Frau reden willst.

Und wenn's so wäre?

Louis lächelt mich an, gutmütig, konnte man denken, aber vielleicht wars auch mitleidig. Wer weiß das schon? Wir kommen oben, im dritten Stock an, wo es links ins Atelier geht und rechts in die Wohnung. Grunder führt uns in die Wohnung. Rechts neben dem Eingang hängt ein riesiges Bild einer eleganten Frau in einem schicken Mantel, eindeutig ein Gregor-Grunder-Bild.

Wer ist das?

Kennst du eh nicht.

Wie willst du das wissen? Sag doch, wer es ist.

Eine Muse von früher. Sie hat keinen Namen.

Grunder schaltet die Kaffeemaschine ein, und Brunner zündet einen seiner krummen Zigarillos an.

Ich rede ihm leise ins Gewissen: Louis, du kannst doch hier nicht rauchen! Weißt du nicht mehr, wie viel es gebraucht hat, dass Grunz davon weggekommen ist. Und jetzt rauchst du ihm die Bude voll.

Spiel nicht Richter in fremdem Staatsgebiet. Das ist Grunders Wohnung, und wenn es Grunder nicht passt, kann er selber was sagen.

Was läuft, Freunde? Was soll mir nicht passen?

Der Junior kriegt den Moralischen, weil ich mir eine Krumme angezündet habe. Er meint, dass du gleich stirbst.

Schon okay, wenn es nach mir geht, kann jeder machen, was er will. Rieche den Tabak immer noch gerne.

Als Grunder mit Kaffee und Schnapsgläsern zurückkommt, frage ich Louis noch einmal, weshalb er uns nachgefahren ist. Das war seine Idee, sagt Grunder, er habe gewusst, dass ich noch zu ihm komme, deshalb habe er Louis hinbestellt. Sie hätten mir was zu erzählen, das vielleicht mehr als einen Mund braucht.

Gehts um Fanny?

Ich wusste, dass du schlau bist, Jackpot. Was ich nicht wusste, ist, dass deine Kombinationsgabe so schnell funktioniert.

Im selben Moment, als Grunder das sagt, klingelt es.

Kannst du die Gegensprechanlage drücken, Jack? Es ist der Knopf mit dem Schlüssel.

Ich drücke und wenig später steht Koni im Wohnzimmer, der mit den Haaren. Er habe vermutet, dass es bei dieser kleinen Party einen zweiten Teil geben müsse, sagt er. Und ich habe das Gefühl, der Einzige zu sein, der nicht begriffen hat, um was es geht. Grunder holt eine weitere Tasse und ein Glas. Als wir alle am Tisch sitzen, nimmt Louis den Faden von vorher wieder auf.

Wie gesagt, die Fanny, die schöne, schöne, unvergleichliche, unerreichte Fanny.

Dann macht er eine Pause und niemand mag was einwerfen, weil alle Angst haben, jede Unterbrechung könnte dazu führen, dass Louis seinen Flow verliert und nicht mehr weiterredet. Ich beobachte, wie Louis an seiner Krummen zieht, wie er den Rauch im Mund sammelt und ewig lang nicht herauslässt und wie er danach ganz langsam den Mund aufmacht und eine große Wolke ins Zimmer bläst. Grunders Katze streicht mir um die Beine. Aus der Küche hört man das leise Geräusch des Kühlschranks. Dann redet Louis endlich weiter:

Eben, die Fanny, wie ich sagte, Fanny ist unsere Unruhe. So, wie eine Uhr eine Unruhe haben muss, damit sie läuft, so haben wir alle das Gefühl gehabt, wir brauchen Fanny, um zu laufen. Sie inspirierte uns und tat uns gut. Nur ihr selbst, ihr ging es irgendwann mal nicht mehr so gut dabei.

Ich will protestieren, sagen, dass es bei mir nicht so ist. Dass ich Fanny nicht als Unruhe verstehe. Dass ich kein Uhrmacher sei und noch nicht in dem Alter, in dem man einen Herzschrittmacher braucht. Dass ich sie einfach sehr gernehabe und fertig. Aber ich sage nichts von alldem. Und warum sagte ich nichts? Wahrscheinlich weil ich der Meinung war, Koni gehöre nicht dazu. Das Treffen sei ein Treffen, das nur die Maler und mich was angeht. Vor Koni über meine Gefühle zu Fanny zu reden wäre gar nicht infrage gekommen.

Das Hauptproblem war allerdings, fährt Grunder jetzt weiter fort, dass Fanny die ganze Sache nicht so ernst genommen hat wie zum Beispiel unser künftiger Großmeister der Oltner Literatur.

Meinst du mich?

Wenn ich so in die Runde schaue, sehe ich keinen anderen. Und wie gesagt, es wäre wahrscheinlich alles einigermaßen im Rahmen geblieben, wenn du – und jetzt schaut Grunder mich an – die Sache nicht falsch verstanden hättest. Du hast gemeint, es gehe um Besitz. Aber Fanny ist wie gesagt die Unruhe, Besitz hingegen ist genau das Gegenteil. Besitz ist Stillstand. Du wolltest Fanny für dich, weil du nicht verstanden hast, was Fanny verkörpert.

Was verkörpert sie denn?

Unterbrich mich nicht. Hör einfach zu. Fanny verkörpert die Kunst. Und Kunst kannst du nicht festhalten. Kunst ist immer flüchtig, flüchtig wie ein schöner Gedanke, der nur einmal kommt und gleich wieder verschwindet. Hast du Glück, kommt der Gedanke oder ein ähnlicher wieder, aber du kannst es nie sicher wissen. Die Liebe, die Inspiration, die Kunst, der Rausch, die schönen Gedanken, alles, was wirklich zählt, ist sehr vergänglich, also flüchtig.

Ja, genau, flüchtig ist gut. Flüchtig wie eure Bilder, die ihr diesen fetten, freisinnigen, finanzstarken, festgefahrenen, frauenarschfixierten Anwälten und Architekten verkauft, damit sie sie dann in ihren betonierten, atombombensicheren Einfamilienhäusern an die Wände dübeln können. Die Kunst kann man nicht halten, sagst gerade du, der die Kunst denen verkauft, die sie erdbebensicher montieren, an einem Ort, an dem man sie in fünfhundert Jahren noch besichtigen kann.

Sehr philosophisch, Jackpot, man höre, sehe und staune! Der Meister der Sportwetten wirft den alten Männern vor, dass sie mit Spießern Geschäfte machen, sagt nun Koni.

Gerade du musst gar nichts sabbeln. Du arbeitest nicht in der Kunst, du weißt nichts von alldem. Und von Fanny auch nicht.

Meine Tischgenossen schauten sich kurz an und begannen zu lachen. Ich wusste nicht, weshalb. Da sehe ich, wie die Katze sich ein Spiel daraus macht, auf meine Jacke zu springen, die am Boden liegt. Die Katze hat offenbar herausgefunden, dass sie etwas nach vorne schlittern kann, wenn sie mit Anlauf auf die Jacke springt.

Lacht nur, lacht nur, ich ertrag es schon, ich bin es gewohnt, ausgelacht zu werden. Gelächter übrigens ist auch flüchtig.

Grunz wird wieder ernst und sagt, es sei kein Auslachen. Nicht jedes Lachen sei als Abwertung des Gegenübers zu verstehen. Sie hätten nur aus Freude gelacht, aus Freude an der Sportlichkeit der Katze, die eigentlich vom Alter her schon lange Golf spielen müsste, aber emotional noch näher beim Skateboarden sei. Nicht alle verhalten sich altersgerecht, sagt er danach und mit dieser Feststellung seien wir auch gleich beim Thema. Er habe nämlich diese Runde da versammelt, weil er das Gefühl habe, ich müsse endlich mal aufgeklärt werden. Nicht wahr, Freunde?

Koni und Louis nicken und Grunder setzt zu einer Geschichte an, die er offensichtlich einigermaßen einstudiert hat. Schau, Jackpot, sagt er, du verstehst es wahrscheinlich erst, wenn wir von Anfang an erzählen: Schon Fannys Mutter war genauso, wie Fanny heute ist. Sie liebte die Kunst, das Leben und die Liebe und überhaupt alles Schöne. Dass sie selbst genauso schön war wie Fanny heute, muss ich nur wegen dir erwähnen. Louis und Koni muss ich nichts erzählen, die haben sie bestens gekannt. Fannys schöne Mutter ist vor circa fünfundzwanzig Jahren sehr oft mit uns herumgezogen.

Ich frage Grunder, wen er meint, wenn er »mit uns« sage.

Uns meine ich, uns von damals, Louis, Koni, mich und noch ein paar andere. Alessandrini zum Beispiel, ein Italo, der schon lange gestorben ist, Viktor, der unterdessen in Frankreich lebt und sich einen Namen als Kunstdrucker gemacht hat. Nicht zu vergessen Geri, der Musiker, alles in allem eine Gruppe von Freunden eben. Und Fanny, also die Mutter der Fanny, die du kennst, war unsere Muse.

Die hat auch Fanny geheißen?

Ja, die hat auch Fanny geheißen, wie auch schon ihre Mutter und Großmutter und Urgroßmutter bis zurück in die Steinzeit. Jedenfalls waren wir alle verliebt in Fanny, und jeder hatte seine guten Momente mit ihr. Und wir waren schon damals nicht wirklich eifersüchtig. Eifersucht ist schlecht für die Imagination, ich meine die Vorstellungskraft. Soweit ich weiß, hab ich dir das schon erklärt. Du bist der Einzige, der es noch nicht checkt.

Was habt ihr denn so getrieben?

Wir haben getrieben, was man damals getrieben hat, viel geraucht, viel experimentiert, lange in den Kneipen gesessen und darüber geredet, was man alles tun sollte und müsste, um diese Welt besser und gerechter zu machen. Hätte man damals all das umgesetzt, was wir uns an den Kneipentischen überlegt hatten, hätten wir heute paradiesische Zustände auf der Welt, ich sags dir, Jackpot. Leider haben wir mehr entworfen als umgesetzt. Kaum hatten wir genügend Rotweingläser geleert und genügend Visionen ausgetauscht, gingen wir zum Träumen nach Hause, manchmal allein und manchmal mit jemandem, der nicht gerne allein einschläft.

Fanny zum Beispiel, sagt nun Louis in dem leicht melodramatischen Tonfall, den Alte manchmal draufhaben, wenn sie die Melancholie für ein paar Sekunden am Kragen packt. Fanny liebte es, neben einen warmen Körper gekuschelt einzuschlafen. Ich könnte dir ein paar wunderbare Erlebnisse erzählen, die wir damals hatten, bevor wir einschliefen.

Grunder macht Louis mit einem einzigen Blick klar, dass er die Geschichte erzählt.

Jedenfalls schlief Fanny, also die von damals, immer wieder mit einem von uns ein. Sie liebte die Abwechslung, sie mochte alles, das nicht nach Routine roch. Ein Beispiel: Einmal, als sie bei mir übernachtete, machte ich am nächsten Morgen Rührei. Ich merkte, dass sie es wahnsinnig mochte. Rührei zum Frühstück sei das Größte, sagte sie. Also machte ich von da an jedes Mal, wenn sie bei mir übernachtete, am Morgen Rührei. Aber nach dem dritten oder vierten Mal sagte sie: Gregor, wenn ich bei dir noch einmal Rührei kriege, komme ich nie wieder. Warum?, fragte ich. Hab gedacht, es schmeckt dir. Ja, es schmeckt mir, sehr sogar, aber nicht, wenn es zur Gewohnheit wird. Ich mag keine Gewohnheiten. Verstehst du?

Ich bin das Gegenteil. Ich suche immer überall so viele Gewohnheiten wie möglich. Wenn ich irgendwo im Urlaub bin, überlege ich mir schon am ersten Tag, was ich alles zur Gewohnheit werden lassen könnte. Immer am selben Ort die Zeitung kaufen. Immer mit der gleichen Buslinie fahren. Immer zur gleichen Zeit in der gleichen Bar Kaffee trinken.

Na, siehst du, jeder ist anders. Du hältst dich an Gewohnheiten fest. Die Fanny von damals hasste Gewohnheiten. Aber was ich sagen wollte: Wir hatten es gut mit Fanny, sie war immer in unserer Nähe und wir haben ihre Nähe gesucht. Sie interessierte sich für Kunst, war ein wundervolles Modell, sehr bewusst, sehr präsent, überhaupt ein wunderbarer Mensch, genau wie ihre Tochter.

Und sie hatte die beste Plattensammlung von ganz Olten!, sagt Koni jetzt. Wisst ihr noch, wie ihr beiden Clowns einmal spät in der Nacht zu ihr nach Hause gekommen seid und gesagt habt, ihr wollt noch Platten hören? Und ich, ich hab euch nicht reingelassen.

Darauf musst du jetzt nicht auch noch stolz sein, du Ego, sagt Louis und lacht. Danach übernimmt wieder Grunder.

Dann ist etwas passiert, das nicht geplant war. Sie wurde schwanger und keiner wusste, von wem. Sie selbst hat es wohl gewusst. Aber nichts gesagt. Und jeder von uns hat gehofft, nicht von ihm. Na ja, wir hatten uns in diesem federleichten Alltag gut zusammen eingerichtet gehabt. Und Kindergroßziehen hatten wir alle schon hinter uns. Etwas Wesentliches wussten wir aus Erfahrung: Wenn ein Baby da ist, ist Schluss mit dem freien Leben, dann gibt dieses Menschlein den Rhythmus vor, und zwar einen Rhythmus, der sich mit unserem Free Jazz nicht verträgt. Wie gesagt, Fanny erklärte nichts, sondern war einfach plötzlich nicht mehr da. Dann hieß es, sie habe einen aus

Zofingen geheiratet, einen Lehrer, einen, den wir alle nicht gekannt hatten.

Nicht wahr! Und der ist gar nicht der Vater.

Vielleicht ist er es und vielleicht nicht. Vielleicht bin ich es oder Louis oder Koni, vielleicht Alessandrini, der hat jedenfalls auch so extrem helle Augen, vielleicht Viktor oder möglicherweise sogar Geri. Wir wissen es nicht, niemand weiß es. Jedenfalls haben wir sie dann aus den Augen verloren, weil sie in Zofingen ein ganz normales Familienleben anfing und nichts mehr von sich hat hören lassen. Sie änderte ihr Leben und wir behielten unseres.

Und wir hatten diese Zeit alle schon gut abgelegt, irgendwo in einem dieser vielen Alben voller Erinnerungen, die man selten hervorholt. Alles schön und gut. Bis plötzlich bei mir im Freihandzeichnen eine neue Studentin im Zimmer sitzt. Ich schaute sie eine halbe Sekunde lang an und wusste, dass es Fannys Tochter sein muss. Und als ich sie frage, nicht weil ich Zweifel gehabt hätte, nur weil ich es von ihr selbst wissen wollte, wusste ich gleich, dass auch die Art, wie sie redet und einen anschaut, haargenau gleich ist wie die von der Fanny, die wir seinerzeit alle so gernehatten. Wir freundeten uns schnell an. Es war, als wären wir uns von Anfang an vertraut, was wahrscheinlich auch so sein musste, Vertrautheit ist ja erblich. Ich machte sie in Olten mit der Szene bekannt, und das ist schon die ganze Geschichte.

Ihr könnt doch nicht einer Frau nachsteigen, die möglicherweise die eigene Tochter ist. Das hat was Abnormales, das ist ja wie in dem Roman von Frisch. Wisst ihr, welcher Roman? Der, wo der Typ der Geschichte mit einer rumhängt und dann merkt, dass es die eigene Tochter ist, die er nie gekannt hat.

Hau ab mit Frisch! Wir haben nichts Derartiges mit der heutigen Fanny gemacht wie der vom Frisch. Im Gegenteil, jeder von uns hat sie behandelt, als wäre sie tatsächlich seine Tochter. Jeder hat sie geschützt und gefördert. Nicht wahr, Louis? Nur du, Jackpot, nur du wolltest sie ganz. Aber Fanny ist wie ihre Mutter. Die kannst du nie ganz haben. Sie bestimmt immer selbst, wie viel du von ihr haben kannst. Manchmal fast alles und manchmal fast nichts.

Deshalb habt ihr sie vor mir versteckt? Weil ihr alle potenzielle Schwiegerväter seid, und keiner von euch freut sich an dem Gedanken, ich könnte sein Schwiegersohn werden.

Darum geht es nicht, Jackpot. Wir mögen dich alle. Niemand hat Fanny vor dir versteckt. Sie selbst hat sich gewünscht, zur Ruhe zu kommen. Du bist zu steil eingestiegen. Das hat ihr Angst gemacht. Sie ist wie ihre Mutter. Sie merkt nicht, was sie bei einem Typen auslöst. Und wenn sie es endlich merkt, kriegt sie Angst. Sie will nicht, dass du sie für dich beanspruchst.

Nein, ihr wolltet es nicht! Das ist ein Unterschied.

Ich merke, dass ich zu müde bin, um noch einmal richtig wütend zu werden. Außerdem hat mich die Sache mit der Mutter von Fanny, die genau wie Fanny sein soll, völlig verwirrt. Ich muss nach Hause, sage ich, sie sollen ein Taxi kommen lassen. Das tun sie dann auch. Das Letzte, was ich von diesem Abend noch weiß, ist, dass Grunders arrogante Katze meine Jacke fast nicht mehr hergeben wollte.

Wenn du nicht sofort loslässt, dann schmeiße ich dich in die Badewanne und dusche dich mit kaltem Wasser ab, du verwöhnte, verfressene, verdorbene, degenerierte, asoziale, halbschlaue Idiotenkatze!

Es ist alles in Ordnung, Jackpot, cool down, dein Taxi wartet.

14

Als ich endlich damit aufhörte, Fanny Briefe zu schreiben, ging es mir eine Zeit lang etwas besser. Besser auf niedrigem Niveau, weil tief im Innern litt ich natürlich immer noch. Ein paar Mal überlegte ich mir, nach Morges zu fahren und bei Marie-Claire zu klingeln. Danach versuchte ich mir vorzustellen, was für eine seltsame, melodramatische Szene das abgeben würde, und verwarf den Plan gleich wieder. Ich meine, hey, in der Liebe muss man manchmal untendurch, aber betteln dann doch nicht, betteln in der Liebe zerstört jeden Rest Selbstachtung.

Je näher der Moment kam, in dem das Buch erscheinen sollte, desto mehr befasste ich mich damit. Ich übte den Text mit den Druckfahnen, weil es vom Verlag aus geheißen hat, es wäre gut, wenn ich Lesungen machen würde, sie würden dafür sorgen dass es eine kleine Tour durch die Buchhandlungen gebe. Ich sagte mir, wenn ich schon aus einem Buch vorlesen soll, das eigentlich jeder selbst lesen könnte, dann wär es wohl nicht dumm, dass es wenigstens halbwegs anständig klingt.

Als das Buch endlich erschien, gab es ziemlich viele Besprechungen. Und nicht nur schlechte! Das überraschte mich. Frau Borowski hat offensichtlich gute Kontakte zu Zeitungen. Ein bekannter Kulturjournalist aus Zürich schrieb sogar, man sehe in dem Werk ein schlummerndes Potenzial, das einen neugierig machen könne auf die weitere Entwicklung dieses Gobeur, also mir. Ich zitiere: »Frank Gobeur schreibt frisch, direkt und atemlos. Dieser Mann hat zweifellos das Temperament des Romanciers, wenngleich dieses Temperament zuweilen mit ihm durchgeht, als wäre es ein noch nicht dressiertes Jungpferd. Die Frage, die sich für seine Zukunft stellt, lautet, ob es ihm gelingen mag, sein Temperament zu kontrollieren, ohne dass diese Kontrolle zulasten der Kraft geht. Schon jetzt aber sind ihm, der mutig und großzügig voranschreitet, eine gewisse Dringlichkeit und die Kraft des Schreibers nicht abzusprechen.«

Ein anderer von einer Zeitung aus Schaffhausen lobte ausdrücklich Grunders Umschlag, eine super Grafik mit einem Toto-Zettel, der zerknüllt zwischen Zigarettenstummeln und einer leeren Cola-Dose am Boden liegt. Auch das Buch selbst kam dort einigermaßen gut weg. Klar gab es auch Kritiken, die nicht so euphorisch waren. In einer Online-Besprechung stand zum Beispiel: »Der Versuch, die Vulgarität der

Milieusprache nachzubilden, hätte der Autor sich sparen können. Ein strengeres Lektorat hätte dem Buch sicher gutgetan.« Doch Frau Borowski sagte mir, ich solle mir ja nicht zu viele Gedanken machen. Nur schon, dass das Buch besprochen wird, sei positiv und am Ende seien es sowieso nicht die Kritiker, die entscheiden, ob es viel gelesen werde oder nicht. Den Buchhändlerinnen muss es gefallen, die bringen es an die Kundschaft.

Die Vernissage für das Buch findet in einer Buchhandlung in Basel statt. Für mich wäre es in Olten logischer gewesen, im Galicia zum Beispiel, da wäre ich sicher gewesen, dass Leute kommen. Aber Frau Borowski findet, das könne man dann immer noch machen. Wichtig sei Basel, weil dort der Verlag ist. Außerdem sei es wichtig, dass wir die Buchhandlungen auf unserer Seite wissen, weil, wie schon erwähnt, am Ende sind es die Buchhandlungen und nicht die Kneipen, die das Buch unter die Leute bringen müssen. Ich hoffe, dass ein paar Leute kommen. Und tatsächlich, eine Viertelstunde vor Beginn sind die Reihen schon anständig besetzt.

Meine Oltner Freunde laufen alle gemeinsam ein. Grunder hat sich herausgeputzt, als käme er zu einer Hochzeit. Auch Louis kommt überelegant daher, hat sogar so einen Borsalino-Hut auf, sehr chic, und legt ihn nicht etwa an der Garderobe ab, sondern behält ihn den ganzen Abend auf. Koni kommt wie immer, unauffällig bis auf die Haare. Geri hat eine Flasche Champagner dabei. Wir müssen das Buch im Zug auf der Heimfahrt noch richtig taufen, sagt er, und es sei eine Schande, dass ich ihn nicht engagiert hätte, um die Lesung musikalisch zu begleiten. Genau, eine Schande, ein Affront gegenüber der Musiktradition von Olten und Umgebung, sagt Henry, der in Geris Windschatten reinkommt und sogar noch fast nüchtern ausschaut, als er zwischen Louis und Geri Platz nimmt.

Schon okay, Henry. Schau einfach, dass ich mich heute Abend wegen dir nicht schämen muss.

Ich geb mir Mühe. Und mach nicht ewig, sagt er dann zu mir. Ich hasse Dichterlesungen, die nie aufhören. Denk an die drei Festrednerregeln, die mein Vater immer zitiert hat: Tritt forsch auf. Machs Maul auf. Hör bald auf.

Alles klar. Ich bin zwar kein Festredner. Aber ich schaue, dass ich mich daran halte. Wenn es dich langweilt, gibst du mir ein Zeichen mit der Hand, und ich höre auf.

Das werd ich tun. Genau das.

Als die meisten Leute schon sitzen, kommt mein Bruder mit seiner Frau. Ich gehe hin zum Hallosagen, und es sei super, dass es geklappt habe mit diesem Verlag, dank ihm, dank seiner Beziehungen. Aber er winkt ab und sagt, es sei mein Verdienst, ich hätte es geschrieben. Der Verlag hätte es sicher nicht gemacht, wenn es die Verantwortlichen nicht lesenswert gefunden hätten. Er habe nur den Anstoß gegeben, mehr nicht. Erika, seine Frau, meint noch sagen zu müssen, sie hoffe für mich, es werde ein Erfolg und dass mir diese Publikation helfe, endlich auf eigenen Beinen zu stehen. Ob ich nicht selbst den Eindruck hätte, es wäre an der Zeit, mich unabhängig zu machen. Sie will Luft holen, um weiter zu moralisieren. Aber mein Bruder bringt sie mit einem einzigen klaren Blick zum Schweigen.

Frau Borowski ist ziemlich nervös. Sie geht zwischen den Stuhlreihen hin und her, als suche sie etwas.

Alles gut bei Ihnen, Herr Gobeur? Können wir in ein paar Minuten anfangen?

Alles tipptopp. Alles perfekt. Kommt gut. Wenn Sie denken, es sei an der Zeit, geben Sie mir das Startzeichen, und es kann losgehen. Ich fühle mich wie ein Pfadfinder, allzeit bereit.

Noch immer strömen Leute herein, obwohl der Laden schon ziemlich voll ist. Wo kommen all die Leute her?, frage ich mich, vor allem, als ich sehe, wie viele ich gar nicht kenne.

Als endlich niemand mehr ansteht, zitiert mich Frau Borowski nach vorne an den Lesetisch.

Zuerst spricht die Filialleiterin der Buchhandlung, eine gut aussehende Dame mit einer sehr angenehmen Stimme, einige Begrüßungsworte. Sie sagt, was man wahrscheinlich sagen muss bei so einer Buchvernissage, dass es schön sei, dass so viele Interessierte gekommen sind, dass sie sich bei allen bedanke, die diesen Leseabend ermöglicht hätten, und so weiter. Dauert höchstens fünf Minuten und kommt sympathisch rüber.

Danach ist Frau Borowski an der Reihe. Und falls ich zuvor wirklich kein bisschen nervös gewesen bin, wächst die Nervosität plötzlich. Ich schaue nämlich in die Zuschauerreihen und überlege mir, dass all die Leute, die da sitzen, ganz bestimmte Erwartungen haben und dass ich diese Erwartungen unmöglich alle erfüllen kann. Ich versuche Frau Borowski zuzuhören, schnappe aber nur Bruchstücke auf … haben wir es hier mit einer vollkommen eigenständigen Stimme zu tun, deren Unmittelbarkeit all jene anrühren wird, die sich vom Sprachsog mitziehen lassen … ist die Besonderheit an Herrn Frank Gobeurs Erstlingswerk, dass er mit dem sicheren Gespür für ein soziales Milieu und eine Epoche erzählt, die er aus eigener Anschauung bestens kennt. Was dabei herauskommt …

Dass das nicht mein Erstling ist und dass ich schon mal ein Buch veröffentlicht habe, interessiert offensichtlich niemanden. Es ist gut, Madame, es reicht jetzt, denke ich. Merkt die denn nicht, dass sie die Latte immer höher legt? Ich bin ja kein Hochspringer, abgesehen davon, dass es in der Leichtathletik für jede

Höhe immer drei Versuche gibt, habe ich hier nur genau einen. Und die Praktikantin, die von der Zeitung geschickt wurde, um einen kleinen Artikel für den Regionalteil zu schreiben, schaut nicht aus, als wäre sie besonders nachsichtig. Sie macht jedenfalls bereits Notizen wie wild, und wegen der Art, wie sie beim Schreiben die Hand bewegt, vermute ich, dass sie schon Schlechtes über mich schreibt, bevor ich überhaupt was sagen kann.

Ich schnäuze mich gerade, als Frau Borowski endlich sagt … in diesem Sinne wünsche ich Ihnen, liebe Damen und Herren, einen unterhaltsamen und anregenden Abend mit unserer Hauptperson, dem Autor Frank Gobeur, dem ich hiermit gerne das Wort erteile.

Danach klatschen die Leute und der Applaus, der halb Frau Borowskis ausführlicher Einführung gilt und halb meiner schüchternen Anwesenheit, reißt mich aus meinen seltsamen Gedanken.

Von einer Musikerbiografie eines amerikanischen Country-Stars, die ich vor Jahren mal gelesen hatte, weiß ich noch, dass der Künstler auf der Bühne am besten nicht zu viel erklärt und direkt abdrückt. Also sage ich nur Guten Abend, danke, und beginne gleich:

Kapitel eins. Noch bevor die Rennpferde auf dem Weg vor der Rennbahn präsentiert wurden, hatten Oliver, Stefan und Fred ihre Wetten schon längst abgeschlossen. Pferden dabei zusehen, wie sie von

Stallknechten im Kreis herumgeführt werden, um daraus zu schließen, in welcher Reihenfolge die Rösser später beim Rennen einlaufen würden, das kam ihnen vollkommen albern vor. Wetten ist ein rationales Geschäft. Pferde anschauen hat nichts Rationales. Dennoch stellten sich die Freunde zu den anderen Zuschauern an den Zaun, bloß um in den Augen ihres Favoriten, des braun glänzenden Sugarbabedream, die Bestätigung dafür zu finden, dass sie diesmal aufs richtige Pferd gesetzt hatten. Aus den funkelnden Augen ihres Favoriten, davon waren sie vollkommen überzeugt, ließ sich der unbedingte Siegeswille herauslesen.

Schon mache ich die erste Kunstpause und schaue ins Publikum. Ich habe sie alle noch. Sie sind bei mir. Sie schauen mich erwartungsfroh an. Ich lasse die Kunstpause etwas wirken, dann lese ich weiter. Den Tipp hat mir Geri gegeben. Er arbeite auf der Bühne immer mit gut gesetzten Pausen. Ich solle es auch so machen. Gut, danach folgt auf eineinhalb Seiten die Beschreibung des Rennens. Danach die Enttäuschung der Romanhelden, die sich verwettet und schon wieder alles Geld in den Sand gesetzt haben. Trotz des siegessicheren Blicks kam dieser Sugarbabedream von Anfang an nicht recht auf Touren und lief als Zweitletzter im Ziel ein. Die Protagonisten hatten nicht lange Zeit, um dieser Chance nachzutrauern, weil sie sofort weitermussten, um sich in einer Italokneipe ein Spiel der Serie A im Fernsehen anzuschauen. Sie hatten auf Napoli gesetzt und gehofft, sie würden wenigstens dort ein paar Franken gewinnen, aber Napoli verlor zu Hause: Das Spiel lief gegen jede Logik. Die Außenseiter aus Florenz gingen schon nach zehn Minuten in Führung und gaben den Vorsprung nicht mehr aus den Füßen. Gut geordnet und gnadenlos in den Zweikämpfen, ließen sie keine Aktionen mehr zu, die ihren knappen Sieg gefährdet hätten. Die Erkenntnis der drei Freunde, die vergeblich versucht hatten, den Sieg ihres Teams am Tresen des Italienerlokals herbeizutrinken, war bitter. Das Wettgeschäft funktionierte mit Fußballern ähnlich wie mit Pferden. Man konnte sie durch und durch studiert haben. Man konnte alles über sie wissen, über ihre Schwächen und Stärken, über ihre Möglichkeiten und darüber, wie weit sie in der Lage waren, zu einem bestimmten Zeitpunkt über sich hinauszuwachsen. Dumm war nur, dass jede logische Wahrscheinlichkeit nichts wert war, wenn das Unwahrscheinliche die Oberhand behielt.

Es geht gut, ohne groß zu stocken. Das Publikum ist noch immer präsent. Danach kommt im Buch die Begegnung mit dieser Frau, die alle zu elektrisieren vermag. Ich gebe es zu, die Szene ist etwas kitschig, aber das will nicht heißen, dass es die Leute nicht interessiert hätte. Sie sind jedenfalls noch immer voll mit mir. Als ich das Kapitel beendet habe, lege ich das

Buch hin und schaue wieder in die Runde. Der Applaus ist nicht übel. Ich muss kurz erklären, was ich überspringe, damit niemand die Orientierung verliert. Dann springe ich direkt zum vierten Kapitel, eine Szene, in der Fred, der härteste Kerl im Roman, seinen Freunden sagt, entweder er gebe das Wetten auf oder er wähle eine ganz neue Strategie:

Bisher hätten die Freunde bloß immer wenig gewonnen und wenig verloren, aber jetzt, dozierte Fred mit einer Attitüde, die keinen Widerspruch zu dulden schien, jetzt breche eine andere Zeit an, denn jetzt, jetzt sei er bereit, das Risiko zu erhöhen. Alles, was sie bis dahin getan oder nicht getan hätten, sei schön temperiert gewesen, weder heiß noch kalt. Davon habe er genug, genug von diesem lauwarmen, immer kontrollierten Leben, genug davon, selbst im besten Fall nur Beträge einzuspielen, die gerade dazu ausreichten, einen beschämenden Lebensstil zu finanzieren. Entweder, sagte Fred mit dem ihm eigenen Nachdruck, entweder machen wir richtig, richtig hohe Gewinne oder wir gehen richtig, richtig unter, und zwar so tief, dass wir uns am Grund mit den Füßen abstoßen können.

Dort mache ich noch einmal eine sauber gesetzte Pause. Geri nickt mir aus dem Publikum heraus zu. Nach ein paar Sekunden lese ich weiter.

Sag, was du sagen willst, sagte Stefan, der es nicht mochte, wenn Fred sich im Kreis herumredete.

Hohe Quoten!, rief Fred und schlug mit der flachen Hand auf die Tischplatte. Ab sofort wetten wir nur noch auf Außenseitersiege, auf überraschende Underdogs, auf alles, was unwahrscheinlich ist und hohe Gewinne verspricht.

Die Freunde reagierten nicht sofort. Sie schauten zu Boden, als müssten sich Freds Worte setzen. Es war Oliver, der endlich ein Wort aussprach: Gut. Nur diese eine Silbe. Gut. Damit war alles gesagt. Damit war allen sofort klar, dass ihre Freundschaft in eine neue Phase getreten war.

Wieder blicke ich kurz hoch und sehe Gesichter, die offen und gespannt in meine Richtung schauen. Das motiviert mich und ich blättere weiter zu dem Teil, in dem die Freunde den ganz großen Gewinn einfahren.

Sie saßen da, als müssten sie erst verstehen, was ihnen widerfahren war. Es war nicht einfach, aus dem Schatten der ständigen Niederlage ins Licht des Sieges zu wechseln. Ihr Gefühlsleben war seit Jahren darauf konditioniert gewesen, enttäuschte Hoffnungen zu verdauen. So fanden sie nun, da sie sich hätten freuen müssen, keinen Ausdruck dafür. Wie freut man sich, wenn man merkt, dass man von einem Augenblick zum andern viel Geld hat? Wie drückt man ein Gefühl aus, das man bis eben nur vom Hörensagen kannte? Sie wussten es nicht. Sie sagten lauter banale Sätze wie: Ich kann es nicht glauben.

Ich fasse es nicht. Ist das wirklich wahr? Doch nichts hätte wahrer sein können, nichts hätte wirklicher sein können als die Tatsache, dass sie auf einen Schlag fünfzigtausend Euro gewonnen hatten. Sie waren dort angelangt, wo sie immer hingewollt hatten. Und das Einzige, was sie empfanden, war ein Gefühl von grenzenloser Leere.

Alles in allem hab ich etwa vierzig Minuten gelesen, wie abgemacht. Der Applaus freut mich extrem, weil er lange und laut ist.

Danach konnten die Leute Fragen stellen. Es waren natürlich ein paar Deppen darunter, die die Situation ausnutzten, um den anderen Anwesenden zu zeigen, wie wahnsinnig belesen sie sind. Ich meine die, die gar keine richtige Frage stellen, sondern eine Abhandlung von sich geben und die Frage nur als Vorwand brauchen, um möglichst breitspurig darüber zu referieren, was sie schon alles gelesen und begriffen haben. Ich hasse solche Typen, auch wenn ich selbst zu einer Lesung gehe. Doch was konnte ich tun? Ich blieb so geduldig und höflich wie möglich. War gedanklich nicht mehr genug präsent, um die Fragerunde zu kontrollieren, weil meine Anspannung unmittelbar nach der Lesung nachgelassen hatte.

Wenn Sie einverstanden sind, sagte Frau Borowski, als sie merkte, dass ich genug hatte vom Fragenbeantworten, kommen wir jetzt zur letzten Frage und wechseln dann zum Aperitif. Die Getränke stehen auf der Straßenseite gleich beim Büchertisch. Herr Gobeur wird selbstverständlich noch bei uns bleiben und Bücher signieren. Darf ich also um die letzte Frage bitten?

Zwei oder drei Hände schnellen hoch, und dann sehe ich, dass hinter einer älteren Frau, die auch die Hand hochstreckt, Fanny sitzt! Fast ganz hinten, trägt ein dunkelblaues T-Shirt und eine dunkelblaue Jeansjacke und blinzelt mir zu. Ich weiß nicht mehr, wo ich bin. Die Frage wird gestellt. Ich hätte antworten sollen, habe aber gar nicht gehört, was die alte Frau gefragt hat. Fanny! Fanny ist da! Sie hat die ganze Lesung gehört, ohne dass ich es gemerkt habe! Es ist wirklich Fanny! Das ist ungefähr alles, was ich denken kann. Ich muss mich extrem zusammenreißen, um nicht vollends den Faden zu verlieren.

Entschuldigen Sie, ich hab die Frage akustisch nicht ganz verstanden. Könnten Sie sie noch einmal wiederholen?

Die alte Frau wiederholt ihre Frage, diesmal ein wenig lauter: Wie schon gesagt, ich habe mich gefragt, wie Sie auf die Geschichte gekommen sind. Woher haben Sie die Idee? Haben Sie diese Episoden, die Sie beschreiben, selbst erlebt? Oder ist alles Fantasie? Oder wie sind Sie draufgekommen?

Meine Güte, was für eine Frage!, ruft da Henry nach vorne. Ich fixiere ihn kurz und sehr böse und dann schaue ich die alte Frau ganz freundlich an.

Das kann ich einfach beantworten. Auf Geschichten kommt man nicht. Die Geschichten kommen zu einem.